Pigmalión

George Bernard Shaw

Pigmalión

Nueva traducción al español
traducido del inglés por Guillermo Tirelli

ROSETTA EDU

Título original: *Pygmalion*

Primera publicación: 1913

Ilustración de tapa: © 2023, Nazareno Rodríguez

Primera edición: Diciembre 2023

Publicado por Rosetta Edu
Londres, Diciembre 2023
www.rosettaedu.com

ISBN: 978-1-916939-63-9

CLÁSICOS EN ESPAÑOL

Rosetta Edu presenta en esta colección libros clásicos de la literatura universal en nuevas traducciones al español, con un lenguaje actual, comprensible y fiel al original.

Las ediciones consisten en textos íntegros y las traducciones prestan especial atención al vocabulario, dado que es el mismo contenido que ofrecemos en nuestras célebres ediciones bilingües utilizadas por estudiantes avanzados de lengua extranjera o de literatura moderna.

Acompañando la calidad del texto, los libros están impresos sobre papel de calidad, en formato de bolsillo o tapa dura, y con letra legible y de buen tamaño para dar un acceso más amplio a estas obras.

Rosetta Edu
Londres
www.rosettaedu.com

INDICE

PREFACIO A PIGMALIÓN

Un profesor de fonética.

Como se verá más adelante, Pigmalión necesita, no un prefacio, sino una secuela, que he suministrado en su debido lugar. Los ingleses no tienen ningún respeto por su lengua y no enseñan a sus hijos a hablarla. Lo deletrean de forma tan abominable que nadie puede enseñarse a sí mismo cómo suena. Es imposible que un inglés abra la boca sin hacer que algún otro inglés le odie o le desprecie. El alemán y el español son accesibles para los extranjeros: el inglés no es accesible ni siquiera para los ingleses. El reformador que Inglaterra necesita hoy es un enérgico entusiasta de la fonética: por eso he hecho de una persona así el héroe de una obra popular. Ha habido héroes de ese tipo clamando en el desierto desde hace muchos años. Cuando empecé a interesarme por el tema, hacia finales de los años setenta, Melville Bell había muerto; pero Alexander J. Ellis seguía siendo un patriarca viviente, con una impresionante cabeza siempre cubierta por un casquete de terciopelo, por el que se disculpaba, muy cortés, en las reuniones públicas. Él y Tito Pagliardini, otro veterano de la fonética, eran hombres que no disgustaban a nadie. Henry Sweet, entonces un hombre joven, carecía de dulzura de carácter: era tan conciliador con los mortales convencionales como Ibsen o Samuel Butler. Su gran habilidad como fonético (era, creo, el mejor de todos en su trabajo) le habría dado derecho a un alto reconocimiento oficial, y quizá le habría permitido popularizar su tema, de no ser por su satánico desprecio por todos los dignatarios académicos y las personas en general que pensaban más en el griego que en la fonética. Una vez, en los días en que el Instituto Imperial se alzaba en South Kensington y Joseph Chamberlain impulsaba el Imperio, induje al editor de una importante revista mensual a que encargara a Sweet un artículo sobre la importancia imperial de su tema. Cuando llegó, no contenía más que un ataque salvajemente burlón contra un profesor de lengua y literatura cuya cátedra Sweet consideraba propia sólo para un experto en fonética. El artículo, al ser difamatorio, tuvo que ser devuelto por imposible; y yo tuve que renunciar a mi sueño de arrastrar a su autor a la palestra. Cuando me reuní con él después, por primera vez en muchos años, descubrí con asombro que él, que había sido un joven bastante tolerablemente presentable, había conseguido realmente, por puro desprecio, alterar su aspecto personal hasta convertirse en una especie de repudio andante de Oxford y de todas sus tradiciones. Debió de ser en gran parte a su pesar por lo que se le metió allí en algo llamado Lectorado de fonética. El futuro de la fonética descansa probablemente en sus alumnos, que todos juraban por él; pero nada pudo llevar al hombre mismo a ningún tipo de conformidad con la universidad, a la que sin embargo se aferraba por derecho divino de un modo intensamente oxoniense. Me atrevo a decir que sus papeles, si es que ha dejado alguno, incluyen algunas sátiras que podrían publicarse sin resultados demasiado destructivos dentro de cincuenta años. Creo que no era en absoluto un hombre malhumorado: muy al contrario, diría yo; pero no soportaba a los tontos alegremente.

Quienes le conocieron reconocerán en mi tercer acto la alusión a la taquigrafía patentada Shorthand en la que solía escribir las postales, y que puede adquirirse en un manual de cuatro chelines y seis peniques publicado por Clarendon Press. Las postales que describe Mrs. Higgins son como las que he recibido de Sweet. Yo descifraba un sonido que un cockney representaría por *zerr*, y un francés por *seu*, y luego escribía exigiendo con cierto temperamento qué demonios significaba. Sweet, con un desprecio sin límites por mi estupidez, me respondería que no sólo significaba sino que obviamente era la palabra *Resultado [Result]*, ya que no existía ninguna otra palabra que contuviera ese sonido, y capaz de tener sentido con el contexto, en ningún idioma hablado en la tierra. Que los mortales menos expertos requirieran indicaciones más completas superaba la paciencia de Sweet. Por lo tanto, aunque todo el sentido de su «Taquigrafía corriente» *[Current Shorthand]* es que puede expresar perfectamente todos los sonidos de la lengua, tanto vocales como consonantes, y que su mano no tiene que hacer ningún trazo excepto los fáciles y corrientes con los que escribe *m, n* y *u, l, p* y *q,* garabateándolos en el ángulo que le resulte más fácil, su desafortunada determinación de hacer que esta escritura notable y bastante legible sirviera también como Taquigrafía *[Shorthand]* la redujo en su propia práctica al más inescrutable de los criptogramas. Su verdadero objetivo era la provisión de una escritura completa, precisa y legible para nuestra noble pero mal vestida lengua; pero le llevó más allá su desprecio por el popular sistema Pitman de Taquigrafía, al que llamó sistema *Pitfall* [N. del T.: «caída al pozo»]. El triunfo de Pitman fue un triunfo de la organización empresarial: había un periódico semanal para persuadirle a uno de que aprendiera Pitman: había libros de texto baratos y cuadernos de ejercicios y transcripciones de discursos para copiar, y escuelas donde profesores experimentados entrenaban a los alumnos hasta alcanzar la destreza necesaria. Sweet no podía organizar su mercado de esa manera. Bien podría haber sido la Sibila que arrancaba las hojas de la profecía que nadie escuchaba. El manual de cuatro chelines y seis peniques, en su mayor parte en su caligrafía litografiada, que nunca fue vulgarmente publicitado, puede quizás algún día ser tomado por un sindicato y difundido en el público como *The Times* difundió la *Enciclopedia Británica;* pero hasta entonces ciertamente no prevalecerá contra Pitman. He comprado tres ejemplares de ella a lo largo de mi vida; y los editores me han informado de que su existencia enclaustrada sigue siendo estable y saludable. De hecho, aprendí el sistema dos varias veces; y sin embargo, la taquigrafía en la que estoy escribiendo estas líneas es la de Pitman. Y la razón es, que mi secretaria no puede transcribir a Sweet, habiendo sido enseñada forzosamente en las escuelas de Pitman. Por lo tanto, Sweet despotricó contra Pitman tan vanamente como Tersites lo hizo contra Áyax: su despotricación, por mucho que le aliviara el alma, no puso de moda popularmente su Taquigrafía Corriente *[Current Shorthand]*. Pigmalión Higgins no es un retrato de Sweet, para quien la aventura de Eliza Doolittle habría sido imposible; aun así, como se verá, hay toques de Sweet en la obra. Con el físico y el temperamento de Higgins, Sweet podría haber incendiado el Támesis. Así las cosas, se impuso profesionalmente en Europa hasta tal punto que su relativa oscuridad personal, y el fracaso de Oxford a la hora de hacer justicia a su eminencia, se convirtieron en un rompecabezas para los especialistas extranjeros en su tema. No culpo a Oxford, porque creo que Oxford tiene toda la razón al exigir cierta amenidad social a sus brotes (¡el cielo sabe que no es exorbitante en sus exigencias!); porque aunque sé muy bien lo difícil que es para un hombre de genio con un tema seriamente infravalorado mantener relaciones serenas y amables con los hombres que lo infravaloran, y que se quedan con todos los mejores puestos para temas menos importantes que profesan sin originalidad y a veces sin mucha capacidad para ellos, aun así, si los abruma con ira y desdén, no puede esperar que le amontonen honores.

De las generaciones posteriores de fonetistas sé poco. Entre ellos se encuentra el Poeta Laureado, a quien quizá Higgins deba sus simpatías miltonianas, aunque también en este caso debo renunciar a todo retrato. Pero si la obra hace que el público sea consciente de que existen personas como los fonetistas, y de que se encuentran entre las personas más importantes de Inglaterra en la actualidad, servirá a su propósito.

Quiero presumir de que Pigmalión ha sido una obra de gran éxito en toda Europa y Norteamérica, así como en mi país. Es tan intensa y deliberadamente didáctica, y su tema se estima tan árido, que me complace lanzársela a la cabeza a los sabihondos que repiten como el loro que el arte nunca debe ser didáctico. Viene a demostrar mi argumento de que el arte nunca debe ser otra cosa.

Por último, y para animar a las personas aquejadas de acentos que las apartan de todo empleo elevado, puedo añadir que el cambio operado por el Profesor Higgins en la florista no es ni imposible ni infrecuente. La moderna hija del conserje que cumple su ambición interpretando a la Reina de España en Ruy Blas en el Théâtre Français es sólo una de los muchos miles de hombres y mujeres que se han desprendido de sus dialectos nativos y han adquirido una nueva lengua. Pero la cosa debe hacerse científicamente, o el estado final del aspirante puede ser peor que el primero. Un dialecto de barrio honesto y natural es más tolerable que el intento de un indocto fonético de imitar el dialecto vulgar del club de golf; y lamento decir que, a pesar de los esfuerzos de nuestra Academia de Arte Dramático, todavía hay demasiado falso inglés de golf en nuestro escenario, y demasiado poco del noble inglés de Forbes Robertson.

ACTO I

Covent Garden a las 23:15 h. Fuerte lluvia de verano; torrencial. Silbatos de taxi soplando frenéticamente en todas direcciones. Peatones corriendo a refugiarse en el mercado y bajo el pórtico de la iglesia de San Pablo, donde ya hay varias personas, entre ellas una señora y su hija en traje de noche. Todos se asoman sombríamente a la lluvia, excepto un hombre de espaldas al resto, que parece totalmente ensimismado en un cuaderno en el que escribe afanosamente.

El reloj de la iglesia marca el primer cuarto.

LA HIJA. [En el espacio entre los pilares centrales, cerca del de su izquierda]. Me estoy helando hasta los huesos. ¿Qué puede estar haciendo Freddy todo este tiempo? Lleva fuera veinte minutos.

LA MADRE. [A la derecha de su hija]. No tanto. Pero ya debería habernos conseguido un taxi.

UN TRANSEÚNTE. [A la derecha de la señora] No conseguirá ningún taxi hasta las once y media, señora, cuando vuelvan después de dejar la gente después del teatro.

LA MADRE. Pero debemos tomar un taxi. No podemos quedarnos aquí hasta las once y media. Es una lástima.

EL TRANSEÚNTE. Bueno, no es culpa mía, señora.

LA HIJA. Si Freddy tuviera un poco de agallas, habría conseguido uno en la puerta del teatro.

LA MADRE. ¿Qué puede haber hecho, pobre muchacho?

LA HIJA. Otras personas consiguieron taxis. ¿Por qué él no?

Freddy sale corriendo de la lluvia desde el lado de Southampton Street y se interpone entre ellos cerrando un paraguas goteante. Es un joven de veinte años, en traje de etiqueta, muy mojado en los tobillos.

LA HIJA. ¿No conseguiste un taxi?

FREDDY. No se puede conseguir uno, ni por amor ni por dinero.

LA MADRE. Oh, Freddy, debe haber uno. No debes haberlo intentado.

LA HIJA. Eres demasiado fastidioso. ¿Esperas que vayamos a buscar uno nosotras mismas?

FREDDY. Te digo que están todos ocupados. La lluvia fue tan repentina: nadie estaba preparado; y todos tuvieron que coger un taxi. He ido a Charing Cross por un lado y casi hasta Ludgate Circus por el otro; y estaban todos ocupados.

LA MADRE. ¿Lo intentaste en Trafalgar Square?

FREDDY. No había ninguno en Trafalgar Square.

LA HIJA. ¿Lo intentaste?

FREDDY. Lo intenté hasta la estación de Charing Cross. ¿Esperaban que fuera andando hasta Hammersmith?

LA HIJA. No lo ha intentado en absoluto.

LA MADRE. Realmente no eres de ninguna ayuda, Freddy. Ve otra vez; y no vuelvas hasta que haya encontrado un taxi.

FREDDY. Simplemente me empaparé por nada.

LA HIJA. ¿Y qué pasa con nosotras? ¿Vamos a quedarnos aquí toda la noche en esta corriente de aire, sin casi nada puesto. Cerdo egoísta...

FREDDY. Oh, muy bien: Iré, iré. [Abre su paraguas y sale corriendo hacia Strand, pero se choca con una florista, que se apresura a buscar refugio, arrancándole la cesta de las manos. Un relámpago cegador, seguido al instante por un estruendoso trueno, orquesta el incidente].

LA FLORISTA. Cuidado, Freddy: mira por donde vas, querido.

FREDDY. Lo siento [se marcha corriendo].

LA FLORISTA. [N. del T.: escrito fonéticamente, describiendo su acento]. [Recogiendo sus flores esparcidas y volviéndolas a colocar en la cesta]. ¡Hay que tener maneras! Dos ramos de violetas en el barro. [Se sienta en el plinto de la columna, ordenando sus flores, a la derecha de la dama. No es en absoluto una persona atractiva. Tiene tal vez dieciocho años, tal vez veinte, apenas más. Lleva un sombrerito marinero de paja negra que ha estado mucho tiempo expuesto al polvo y al hollín de Londres y que rara vez o nunca ha sido cepillado. Su pelo necesita un buen lavado: su color ratón difícilmente puede ser natural. Lleva un abrigo negro de mala calidad que le llega casi hasta las rodillas y se ciñe a la cintura. Lleva una falda marrón con un tosco delantal. Sus botas están en muy mal estado. Sin duda ella está tan limpia como puede permitirse estarlo; pero comparada con las damas está muy sucia. Sus facciones no son peores que las de ellas; pero su estado deja mucho que desear; y necesita los servicios de un dentista].

LA MADRE. ¿Cómo sabe que mi hijo se llama Freddy, por favor?

LA FLORISTA. [N. del T.: Escrito en el original como ella lo pronuncia]. Oh, él es su hijo, ¿verdad? Bueno, si hubiera hecho su deber con él como madre él tendría que saber que no debe arruinar las flores de una pobre muchacha e irse corriendo sin pagar. ¿Quiere pagarme por ellas? [N. del A.: Aquí, con perdón, este intento desesperado de representar su dialecto sin alfabeto fonético debe abandonarse por ininteligible fuera de Londres].

LA HIJA. No hagas nada de eso, madre. ¡Qué idea!

LA MADRE. Por favor, permíteme, Clara. ¿Tienes monedas?

LA HIJA. No. No tengo nada más pequeño que seis peniques.

LA FLORISTA. [Esperanzada]. Puedo darle cambio de seis peniques, amable señora.

LA MADRE. [A Clara]. Dámelos. [Clara se desprende de ellos a regañadientes]. Ahora [a la muchacha]; esto es por sus flores.

LA FLORISTA. Muchas gracias, señora.

LA HIJA. Haz que te dé el cambio. Esas cosas sólo cuestan un penique por ramo.

LA MADRE. Cállate, Clara. [A la muchacha]. Puede quedarse con el cambio.

LA FLORISTA. Gracias, señora.

LA MADRE. Ahora dígame cómo sabe el nombre de ese joven caballero.

LA FLORISTA. No lo hice.

LA MADRE. Le he oído llamarle así. No intente engañarme.

LA FLORISTA. [Protestando]. ¿Quién intenta engañarla? Le llamé Freddy o Charlie igual que haría usted misma si estuviera hablando con un extraño y quisiera ser agradable. [Se sienta junto a su cesta].

LA HIJA. ¡Seis peniques tirados a la basura! De verdad, mamá, podrías habérselo ahorrado a Freddy. [Se retira disgustada detrás de la columna].

Un caballero anciano, de tipo militar y amable, se apresura a refugiarse y cierra un paraguas goteante. Está en la misma situación que Freddy, muy mojado en los tobillos. Está vestido con traje de etiqueta, con un abrigo ligero. Ocupa el lugar dejado vacante por la hija.

EL CABALLERO. ¡Uf!

LA MADRE. [Al caballero] Oh, señor, ¿hay algún indicio de que va a detenerse la lluvia?

EL CABALLERO. Me temo que no. Empezó peor que nunca hace unos dos minutos. [Se dirige al plinto junto a la florista, apoya el pie en él y se agacha para bajarse los extremos del pantalón].

LA MADRE. ¡Oh, qué pena! [Se retira triste y se reúne con su hija].

LA FLORISTA. [Aprovechando la proximidad del caballero militar para establecer relaciones amistosas con él]. Si empeora es señal de que casi está por detenerse. Así que anímese, Capitán; y cómprele una flor a una pobre muchacha.

EL CABALLERO. Lo siento, no tengo cambio.

LA FLORISTA. Puedo darle cambio, Capitán,

EL CABALLERO. ¿De un soberano? No tengo nada menos.

LA FLORISTA. ¡Increíble! Oh, cómpreme una flor, Capitán. Tengo cambio de media corona. Tome ésta por dos peniques.

EL CABALLERO. No se moleste: es una buena muchacha. [Buscando en sus bolsillos]. Realmente no tengo cambio... Espere: aquí tiene tres monedas de medio penique, si le sirven de algo. [Se retira al otro pilar].

LA FLORISTA. [Decepcionada, pero pensando que tres monedas de medio penique es mejor que nada]. Gracias, señor.

EL TRANSEÚNTE. [A la muchacha]. Tenga cuidado: dele una flor por ello. Hay un tipo aquí detrás anotando cada bendita palabra que usted dice. [Todos se vuelven hacia el hombre que está tomando notas].

LA FLORISTA. [Saltando aterrorizada]. No he hecho nada malo hablando con el caballero. Tengo derecho a vender flores si me mantengo alejada del bordillo. [Histérica]. Soy una muchacha respetable: así que ayúdenme, nunca hablé con él excepto para pedirle que me comprara una flor. [Algarabía general, en su mayor parte comprensiva con la florista, pero despreciando su excesiva sensibilidad. Gritos de no empiece a levantar la voz. ¿Quién le hace daño? Nadie va a tocarle. ¿De qué sirve alborotarse? Tranquila. Tranquila, tranquila, etc., provienen de los espectadores mayores y más estables, que la palmean reconfortantemente. Otros menos pacientes le ordenan que se calle o le preguntan de alguna manera qué le pasa. Un grupo más alejado, sin saber de qué se trata, se agolpa y aumenta el ruido con preguntas y respuestas: ¿Qué le pasa? ¿Qué hace? ¿Dónde está? Un guardia bajándola del plinto. ¿Qué? ¿Él? Sí: él allí: le quitó dinero al caballero, etc. La florista, angustiada y acosada, se abre paso entre ellos hasta el caballero, llorando tímidamente]. Oh, señor, no deje que me acusen. No sabe lo que significa para mí. Me quitarán la dignidad y me echarán a la calle por hablar con caballeros. Ellos...

EL TOMADOR DE NOTAS. [Adelantándose por su derecha, el resto agolpándose tras él]. ¡Ahí, ahí, ahí! ¿Quién le hace daño, muchacha tonta? ¿Por quién me toma?

EL TRANSEÚNTE. Está bien: es un caballero: mire sus botas. [Explicando al tomador de notas]. Ella pensó que usted era un pelele, señor.

EL TOMADOR DE NOTAS. [Con rápido interés]. ¿Qué es un pelele?

EL TRANSEÚNTE. [Inepto en la definición]. Es un... bueno, es un pelele, como se podría decir. ¿Cómo lo llamaría si no? Una especie de soplón.

LA FLORISTA. [Todavía histérica]. Juro por la Biblia que nunca dije una palabra...

EL TOMADOR DE NOTAS. [Prepotente pero de buen humor]. Oh, cállese, cállese. ¿Parezco un policía?

LA FLORISTA. [Lejos de tranquilizarse]. ¿Entonces para qué anotó mis palabras? ¿Cómo puedo saber si me ha anotado bien? Enséñeme lo que ha escrito sobre mí. [El tomador de notas abre su libro y lo sostiene firmemente bajo su nariz, aunque la presión de la muchedumbre intentando leerlo sobre sus hombros molestaría a un hombre de menos carácter]. ¿Qué es eso? Eso no es escritura correcta. No puedo leer eso.

EL TOMADOR DE NOTAS. Yo puedo. [Lee, reproduciendo exactamente su pronunciación]. «Alégrese, Capitán; y compre flores de una pobre muchacha...».

LA FLORISTA. [Muy angustiada]. Es porque le llamé Capitán. No pretendía hacerle daño. [Al caballero]. Oh, señor, no deje que me acusen por haber dicho eso. Usted...

EL CABALLERO. ¡Acusar! No hago ninguna acusación. [Al tomador de notas]. Realmente, señor, si usted es detective, no necesita empezar a protegerme contra el acoso de mujeres jóvenes hasta que yo se lo pida. Cualquiera podría ver que la muchacha no pretendía hacer daño.

LOS TRANSEÚNTES EN GENERAL. [Manifestándose contra el espionaje policial]. Claro que sí. ¿Qué le importa a usted? Ocúpese de sus propios asuntos. Quiere ascender, de verdad. ¡Tomando nota de las palabras de la gente! La muchacha nunca le dijo una palabra. ¿Qué daño le haría si lo hiciera? Qué bien que una muchacha no pueda resguardarse de la lluvia sin ser insultada, etc., etc., etc. [Es conducida por los manifestantes más comprensivos de vuelta a su plinto, donde retoma su asiento y lucha contra su emoción].

EL TRANSEÚNTE. No es un técnico. Es un maldito entrometido: eso es lo que es. Le digo, mire sus botas.

EL TOMADOR DE NOTAS. [Volviéndose hacia él amablemente]. ¿Y cómo está toda su gente en Selsey?

EL TRANSEÚNTE. [Con sospecha]. ¿Quién le ha dicho que mi gente viene de Selsey?

EL TOMADOR DE NOTAS. No se preocupe. Vienen de allí. [A la muchacha]. ¿Cómo es que ha venido tan al este? Usted nació en Lisson Grove.

LA FLORISTA. [Horrorizada]. Oh, ¿qué hay de malo en que deje Lisson Grove? No era bueno ni siquiera para un cerdo; y tenía que pagar cuatro chelines y seis peniques a la semana. [Llorando]. Oh, boo... boo... oo...

EL TOMADOR DE NOTAS. Viva donde quiera; pero deje de hacer ruido.

EL CABALLERO. [A la muchacha]. ¡Vamos, vamos! No puede tocarle: usted tiene derecho a vivir donde le plazca.

UN TRANSEÚNTE SARCÁSTICO. [Interponiéndose entre el tomador de notas y el caballero]. Park Lane, por ejemplo. Me gustaría abordar la cuestión de la vivienda con usted, me gustaría.

LA FLORISTA. [Sumiéndose en una melancolía perturbadora sobre su cesta, y hablando muy bajito para sí misma]. Soy una buena muchacha, lo soy.

EL TRANSEÚNTE SARCÁSTICO. [Sin prestarle atención]. ¿Sabe de dónde vengo yo?

EL TOMADOR DE NOTAS. [Sin demora]. Hoxton.

Titubeos. Aumenta el interés popular por la actuación del tomador de notas.

EL SARCÁSTICO. [Asombrado]. Bueno, ¿quién dijo que no? ¡Caray! Usted lo sabe todo.

LA FLORISTA. [Aún con su sensación de estar herida]. No tiene por qué meterse conmigo, no lo hará.

EL TRANSEÚNTE. [A ella]. Por supuesto que no. No tiene por qué soportarlo. [Al tomador de notas]. Mire: ¿qué necesidad tiene de saber acerca de gente que nunca se ofreció a meterse con usted? ¿Dónde está su autorización?

VARIOS TRANSEÚNTES. [Animados por este aparente punto sobre el derecho]. Sí: ¿dónde está su autorización?

LA FLORISTA. Que diga lo que quiera. No quiero tener nada que ver con él.

EL TRANSEÚNTE. Nos toma por tierra bajo sus pies, ¿verdad? ¡Siendo pillada tomándose libertades con un caballero!

EL TRANSEÚNTE SARCÁSTICO. Sí: dígale a *él* de dónde viene si quiere ir a adivinar el futuro.

EL TOMADOR DE NOTAS. Cheltenham, Harrow, Cambridge e India.

EL CABALLERO. Muy acertado. [Grandes risas. Reacción a favor del tomador de notas. Exclamaciones de él lo sabe todo. Se lo dijo como debe. ¿Oírle decir al pituco de dónde viene?, etc.]. ¿Puedo preguntarle, señor, si se gana la vida en un music-hall?

EL TOMADOR DE NOTAS. He pensado en ello. Quizá lo haga algún día. La lluvia ha cesado y las personas situadas en el exterior de la multitud comienzan a irse.

LA FLORISTA. [Resentida con la reacción]. No es un caballero, no lo es, si interfiere con una pobre muchacha.

LA HIJA. [Fuera de sí, abriéndose paso bruscamente hacia el frente y desplazando al caballero, que se retira cortésmente al otro lado de la columna]. ¿Qué demonios está haciendo Freddy? Me dará una pulmonía si permanezco más tiempo en esta corriente de aire.

EL TOMADOR DE NOTAS. [Para sí mismo, tomando nota apresuradamente de su pronunciación de "monía"]. Earlscourt.

LA HIJA. [Violentamente]. ¿Quiere guardarse para sí sus impertinentes comentarios?

EL TOMADOR DE NOTAS. ¿Lo he dicho en voz alta? No era mi intención. Le ruego me disculpe. Su madre es Epsom, inconfundiblemente.

LA MADRE. [Avanzando entre su hija y el tomador de notas]. ¡Qué curioso! Me crié en Largelady Park, cerca de Epsom.

EL TOMADOR DE NOTAS. [Muy divertido]. ¡Ja, ja! ¡Qué nombre más diabólico! Disculpe. [A la hija]. ¿Quiere un taxi, verdad?

LA HIJA. No se atreva a hablarme.

LA MADRE. Oh, por favor, por favor Clara. [Su hija la repudia con un airado encogimiento de hombros y se retira, altanera]. Le estaríamos muy agradecidas, señor, si nos encontrara un taxi. [El tomador de notas saca un silbato]. Oh, gracias. [Se une a su hija]. El tomador de notas sopla un silbido penetrante.

EL TRANSEÚNTE SARCÁSTICO. ¡Ahí está! Sabía que era un policía de civil.

EL TRANSEÚNTE. Eso no es un silbato policial: es un silbato deportivo.

LA FLORISTA. [Aún preocupada por sus sentimientos heridos]. No tiene derecho a quitarme mi dignidad. Mi dignidad es para mí la misma que la de cualquier dama.

EL TOMADOR DE NOTAS. No sé si se han dado cuenta pero la lluvia ha parado hace unos dos minutos.

EL TRANSEÚNTE. Así es. ¿Por qué no lo dijo antes? Y nosotros perdiendo el tiempo escuchando sus tonterías. [Se aleja hacia Strand].

EL TRANSEÚNTE SARCÁSTICO. Puedo decir de dónde viene. Viene de «Anwell». Vuelva allí.

EL TOMADOR DE NOTAS. [Servicial]. Hanwell.

EL TRANSEÚNTE SARCÁSTICO. [Afectando gran distinción en el discurso]. Gracias, maestro. ¡Oh, oh! Hasta luego. [Se toca el sombrero con fingido respeto y se marcha].

LA FLORISTA. ¡Asustar así a la gente! Cómo le gustaría a él mismo.

LA MADRE. Ya está bien, Clara. Podemos ir caminando hasta el autobús. Vamos. [Se recoge las faldas por encima de los tobillos y sale corriendo hacia Strand].

LA HIJA. Pero el taxi... [Su madre no puede oírla]. ¡Oh, qué fastidio! [Ella la sigue enfadada].

Todos los demás se han ido, excepto el tomador de notas, el caballero y la florista, que está sentada arreglando su cesta y aún compadeciéndose entre murmullos.

LA FLORISTA. ¡Pobre muchacha! Ya es bastante duro para ella vivir como para que la preocupen y la persigan.

EL CABALLERO. [Volviendo a su antiguo lugar a la izquierda del tomador de notas]. ¿Cómo lo hace, si se puede saber?

EL TOMADOR DE NOTAS. Simplemente fonética. La ciencia del habla. Esa es mi profesión; también mi afición. ¡Feliz el hombre que puede ganarse la vida con su afición! Puede reconocer a un irlandés o a un yorkshire por su acento. Puedo situar a cualquier persona en un radio de seis millas. Puedo situarlo en un radio de dos millas en Londres. A veces en menos de dos calles.

LA FLORISTA. ¡Debería avergonzarse de sí mismo, cobarde poco viril!

EL CABALLERO. ¿Pero se puede vivir de eso?

EL TOMADOR DE NOTAS. Ah, sí. Bastante bien. Esta es una época de advenedizos. Los hombres empiezan en Kentish Town con 80 libras al año y terminan en Park Lane con cien mil. Quieren dejar Kentish Town; pero se delatan cada vez que abren la boca. Ahora bien, yo puedo enseñarles...

LA FLORISTA. Que se ocupe de sus asuntos y deje a una pobre muchacha...

EL TOMADOR DE NOTAS. [Explosivamente]. Mujer: cese de inmediato con este detestable abucheo; o sino busque el refugio de algún otro lugar de culto.

LA FLORISTA. [Desafiando con debilidad]. Tengo derecho a estar aquí si quiero, igual que usted.

EL TOMADOR DE NOTAS. Una mujer que emite sonidos tan deprimentes y repugnantes no tiene derecho a estar en ningún sitio, ni a vivir. Recuerde que usted es un ser humano con alma y el don divino del habla articulada: que su lengua materna es la lengua de Shakespeare y Milton y La Biblia; y no se quede ahí canturreando como una paloma biliosa.

LA FLORISTA. [Bastante abrumada y mirándole con asombro y desprecio mezclados, sin atreverse a levantar la cabeza]. ¡Ah-ah-ah-o-o-oo!

EL TOMADOR DE NOTAS. [Sacando su libro]. ¡Cielos! ¡Qué sonido! [Escribe; luego saca el libro y lee, reproduciendo exactamente sus vocales]. ¡Ah-ah-ah-o-o-oo!

LA FLORISTA. [Divertida por la actuación y riendo a pesar suyo]. ¡Increíble!

EL TOMADOR DE NOTAS. Ya ve a esa criatura con su inglés de bordillo: el inglés que la mantendrá en la cuneta hasta el fin de sus días. Bueno, señor, en tres meses yo podría hacer pasar a esa muchacha por una duquesa en la fiesta de jardín de un embajador. Incluso podría conseguirle un puesto como doncella de una señora o dependienta, lo que requiere un mejor inglés. Ese es el tipo de cosas que hago para los millonarios comerciales. Y en los beneficios de ello hago un auténtico trabajo científico en fonética, y un poco de poeta en líneas miltonianas.

EL CABALLERO. Yo mismo soy un estudioso de los dialectos indios y...

EL TOMADOR DE NOTAS. [Ansiosamente]. ¿Es usted? ¿Conoce al Coronel Pickering, el autor de *El sánscrito hablado*?

EL CABALLERO. Yo soy el Coronel Pickering. ¿Quién es usted?

EL TOMADOR DE NOTAS. Henry Higgins, autor de *El Alfabeto Universal de Higgins*.

PICKERING. [Con entusiasmo]. He venido desde la India para conocerle.

HIGGINS. Yo iba a ir a la India para conocerle a usted.

PICKERING. ¿Dónde vive?

HIGGINS. 27A Wimpole Street. Venga a verme mañana.

PICKERING. Estoy en el Carlton. Venga conmigo y cenemos algo.

HIGGINS. Así se hará.

LA FLORISTA. [A Pickering, cuando pasa junto a ella]. Compre una flor, amable caballero. Necesito dinero para pagar mi alojamiento.

PICKERING. Realmente no tengo nada de cambio. Lo siento. [Se marcha].

HIGGINS. [Sorprendido por la mendacidad de la muchacha]. Mentirosa. Dijo que podía cambiar media corona.

LA FLORISTA. [Levantándose desesperada]. Deberían rellenarle de clavos, eso deberían. [Arrojando la cesta a sus pies]. Llévese toda la cesta de flores por seis peniques.

El reloj de la iglesia marca el segundo cuarto.

HIGGINS. [Oyendo en ella la voz de Dios, reprendiéndole por su farisaica falta de caridad hacia la pobre muchacha]. Un recordatorio. [Se levanta el sombrero solemnemente; luego echa un puñado de dinero en la cesta y sigue a Pickering].

LA FLORISTA. [Recogiendo una media corona]. ¡Aaah-o-ooh! [Recogiendo un par de florines]. ¡Aaah-o-ooh! [Recogiendo varias monedas]. ¡Aaaaaah-o-ooh! [Recogiendo medio soberano] ¡¡¡Aasaaaaaaaaah-o-ooh!!!

FREDDY. [Saliendo de un taxi]. Por fin conseguí uno. ¡Hola! [A la muchacha]. ¿Dónde están las dos señoras que estaban aquí?

LA FLORISTA. Caminaron hacia el autobús cuando dejó de llover.

FREDDY. Y me dejaron con un taxi en las manos. ¡Maldición!

LA FLORISTA. [Con grandeza]. No se preocupe, joven. Me voy a casa en taxi. [Se dirige hacia el taxi. El conductor pone la mano detrás de él y mantiene la puerta firmemente cerrada contra ella. Comprendiendo su desconfianza, ella le muestra su puñado de dinero]. Ocho peniques no son un problema para mí, Charlie. [Él sonríe y abre la puerta]. Angel Court, Drury Lane, a la vuelta de la esquina de la tienda de aceite de Micklejohn. Veamos lo rápido que puede hacerlo arrancar. [Ella entra y cierra la puerta de golpe mientras el taxi arranca].

FREDDY. ¡Vaya, estoy hecho polvo!

ACTO II

Al día siguiente, a las 11 de la mañana, en el laboratorio de Higgins, en Wimpole Street. Es una habitación del primer piso, que da a la calle, y estaba destinada a salón. Las puertas dobles están en el centro del vestíbulo trasero; y las personas que entran encuentran en la esquina a su derecha dos archivos altos, en ángulo recto contra las paredes. En este rincón hay una mesa de escritorio plana, sobre la que hay un fonógrafo, un laringoscopio, una fila de diminutos tubos de órgano con un fuelle, un juego de chimeneas de lámpara para llamas de canto con quemadores unidos a un enchufe de gas en la pared por un tubo de caucho indio, varios diapasones de diferentes tamaños, una imagen a tamaño natural de media cabeza humana, que muestra en sección los órganos vocales, y una caja que contiene un suministro de cilindros de cera para el fonógrafo.

Más adelante, en el mismo lado de la habitación, hay una chimenea, con un cómodo sillón tapizado en cuero en el lado del hogar más cercano a la puerta, y una repisa para el carbón. En la repisa de la chimenea hay un reloj. Entre la chimenea y la mesa del fonógrafo hay un soporte para periódicos.

Al otro lado de la puerta central, a la izquierda del visitante, hay un mueble de cajones poco profundos. Sobre ella hay un teléfono y la guía telefónica. La esquina de más allá, y la mayor parte de la pared lateral, están ocupadas por un piano de cola, con el teclado en el extremo más alejado de la puerta, y un banco para el intérprete que se extiende a todo lo largo del teclado. Sobre el piano hay una fuente repleta de fruta y dulces, en su mayoría bombones de chocolate.

El centro de la habitación está despejado. Además de la butaca, el banco del piano y las dos sillas de la mesa del fonógrafo, hay una silla perdida. Se encuentra cerca de la chimenea. En las paredes, grabados; en su mayoría, retratos piranésicos y mezzotintos. No hay pinturas.

Pickering está sentado a la mesa, dejando unas cartas y un diapasón que ha estado utilizando. Higgins está de pie cerca de él, cerrando dos o tres cajones de archivos que cuelgan. A la luz de la mañana aparece como un hombre robusto, vital, deseable, de unos cuarenta años, vestido con un guardapolvo negro de aspecto profesional, con cuello de lino blanco y corbata de seda negra. Es del tipo enérgico y científico, interesado de corazón, incluso violentamente, en todo lo que pueda estudiarse como tema científico, y despreocupado de sí mismo y de los demás, incluidos sus sentimientos. De hecho, a no ser por sus años y su tamaño, es más bien como un bebé muy impetuoso que «llama la atención» con impaciencia y en voz alta, y que requiere casi la misma vigilancia para evitar que haga travesuras involuntarias. Sus modales varían de la bravuconería genial cuando está de buen humor a la petulancia tempestuosa cuando algo va mal; pero es tan completamente franco y carente de malicia que sigue siendo simpático incluso en sus momentos menos razonables.

HIGGINS. [Mientras cierra el último cajón]. Bueno, creo que esa es toda la demostración.

PICKERING. Es realmente asombroso. No he asimilado ni la mitad.

HIGGINS. ¿Quiere volver a repasar algo?

PICKERING. [Levantándose y acercándose a la chimenea, donde se detiene de espaldas al fuego]. No, gracias; ahora no. Ya he terminado por esta mañana.

HIGGINS. [Le sigue y se coloca a su lado izquierdo]. ¿Cansado de escuchar sonidos?

PICKERING. Sí. Es un esfuerzo temible. Yo más bien me hacía ilusiones porque puedo pronunciar veinticuatro sonidos vocálicos distintos; pero sus ciento treinta me ganan. No puedo oír ni una pizca de diferencia entre la mayoría de ellas.

HIGGINS. [Riendo entre dientes, y acercándose al piano para comer dulces]. Oh, eso viene con la práctica. Al principio uno no oye ninguna diferencia; pero sigue escuchando, y pronto descubre que todas son tan diferentes como A de B. [Mrs. Pearce entra: es el ama de llaves de Higgins]. ¿Qué pasa?

MRS. PEARCE. [Vacilando, evidentemente perpleja]. Una joven mujer quiere verle, señor.

HIGGINS. ¡Una mujer joven! ¿Qué es lo que quiere?

MRS. PEARCE. Bueno, señor, dice que usted se alegrará de verla cuando sepa a qué ha venido. Es una muchacha bastante común, señor. Muy común de hecho. Yo debería haberla despedido, sólo que pensé que tal vez usted quería que hablara en sus máquinas. Espero no haber hecho mal; pero de verdad que a veces se ve gente tan rara —me disculpará, estoy segura, señor—.

HIGGINS. Oh, está bien, Mrs. Pearce. ¿Tiene un acento interesante?

MRS. PEARCE. Oh, algo espantoso, señor, de verdad. No sé cómo puede interesarle.

HIGGINS. [A Pickering] Vamos a hacerle subir. Hágala subir, Mrs. Pearce. [Se va con prisa hacia su mesa de trabajo y escoge un cilindro para utilizarlo en el fonógrafo].

MRS. PEARCE. [Sólo resignada a medias]. Muy bien, señor. Es usted quien debe decidirlo. [Baja las escaleras].

HIGGINS. Esto es más bien un poco de fortuna. Le mostraré cómo hago los registros. La pondremos a hablar; y yo la anotaré primero en el habla visible de Bell; luego en amplio románico; y después la pondremos en el fonógrafo para que usted pueda reproducirlo cuantas veces quiera con la transcripción escrita ante usted.

MRS. PEARCE. [Regresando]. Esta es la joven, señor.

La florista entra elegantemente. Lleva un sombrero con tres plumas de avestruz: naranja, azul cielo y rojo. Lleva un delantal casi limpio, y se ha arreglado un poco el raído abrigo. El patetismo de esta deplorable figura, con su inocente vanidad y su aire consecuente, conmueve a Pickering, que se ha puesto tieso en presencia de Mrs. Pearce. Pero en cuanto a Higgins, la única distinción que hace entre hombres y mujeres es que cuando no está intimidando ni poniendo el grito en el cielo por alguna pequeñez, engatusa a las mujeres como un niño engatusa a su nodriza cuando quiere sacarle algo.

HIGGINS. [Bruscamente, reconociéndola con inocultable decepción, y de inmediato, como un bebé, haciendo de ello un agravio intolerable]. Vaya, ésta es la muchacha que anoté anoche. No sirve para nada: tengo todos los registros que quiero de la jerga de Lisson Grove; y no voy a desperdiciar otro cilindro en ella. [A la muchacha]. Váyase: no quiero verla.

LA FLORISTA. No sea tan descarado. Aún no sabe a qué vengo. [A Mrs. Pearce, que espera en la puerta más instrucciones]. ¿Le ha dicho que vengo en taxi?

MRS. PEARCE. ¡Tonterías, muchacha! ¿Cree que le importa a un caballero como Mr. Higgins en qué ha venido?

LA FLORISTA. ¡Oh, somos tan orgullosos! No está por encima de dar lecciones, él no: se lo oí decir. Bueno, no he venido aquí a pedir ningún cumplido; y si mi dinero no es suficiente puedo irme a otra parte.

HIGGINS. ¿Suficiente para qué?

LA FLORISTA. Suficiente para usted. Ahora lo sabe, ¿verdad? He venido a recibir lecciones. Y a pagarlas también: no se equivoque.

HIGGINS. [Estupefacto]. *¡¡¡Bueno!!!* [Recuperando el aliento con un jadeo]. ¿Qué espera que le diga?

LA FLORISTA. Bueno, si fuera un caballero, me pediría que me sentara, creo. ¿No le he dicho que le traigo un negocio?

HIGGINS. Pickering: ¿le pedimos a esta carga que se siente o la tiramos por la ventana?

LA FLORISTA. [Huyendo aterrorizada hacia el piano, donde se sienta y gira a sus anchas]. ¡Ah-ah-ah-o-o-o-oo! [Herida y gimoteando]. No me llamará carga si he ofrecido pagar como cualquier dama.

Inmóviles, los dos hombres la miran desde el otro lado de la habitación, asombrados.

PICKERING. [Suavemente]. ¿Qué es lo que quiere, mi muchacha?

LA FLORISTA. Quiero ser una dama en una floristería en lugar de vender en la esquina de Tottenham Court Road. Pero no me aceptarán a menos que sepa hablar más gentilmente. Él dijo que podría enseñarme. Pues bien, aquí estoy, dispuesta a pagarle —sin pedirle ningún favor— y él me trata como si fuera una basura.

MRS. PEARCE. ¿Cómo puede ser una ignorante tan tonta como para pensar que podría permitirse pagar a Mr. Higgins?

LA FLORISTA. ¿Por qué no habría de poder hacerlo? Sé lo que cuestan las lecciones tan bien como usted; y estoy dispuesta a pagar.

HIGGINS. ¿Cuánto?

LA FLORISTA. [Volviendo hacia él, triunfante]. ¡Ahora sí! Pensé que se le pasaría cuando viera la oportunidad de recuperar un poco de lo que me echó anoche. [Confidencialmente]. Fue un momento de debilidad, ¿verdad?

HIGGINS. [Perentoriamente]. Siéntese.

LA FLORISTA. Oh, si va a hacer un cumplido de ello...

HIGGINS. [Tronando]. Siéntese.

MRS. PEARCE. [Severamente]. Siéntese, muchacha. Haga lo que se le dice. [Coloca la silla alejada cerca de la chimenea entre Higgins y Pickering, y se queda detrás de ella esperando a que la muchacha se siente].

LA FLORISTA. ¡Ah-ah-ah-o-o-oo! [Se levanta, medio rebelde, medio desconcertada].

PICKERING. [Muy cortés]. ¿No quiere sentarse?

LIZA. [Tímidamente]. No se preocupe si lo hago. [Ella se sienta. Pickering vuelve a la chimenea].

HIGGINS. ¿Cuál es su nombre?

LA FLORISTA. Liza Doolittle.

HIGGINS. [Declamando gravemente]. Eliza, Elizabeth, Betsy y Bess fueron al bosque a buscar un nido de pájaro:

PICKERING. Encontraron un nido con cuatro huevos:

HIGGINS. Tomaron uno cada una, y dejaron tres en él.

Se ríen a carcajadas de su propio ingenio.

LIZA. Oh, no sea tonto.

MRS. PEARCE. No debe hablarle así al caballero.

LIZA. ¿Por qué no me habla con sensatez?

HIGGINS. Volvamos a los negocios. ¿Cuánto propone pagarme por las lecciones?

LIZA. Oh, sé lo que está bien. Una amiga mía recibe clases de francés por dieciocho peniques la hora de un auténtico caballero francés. Bueno, usted no tendría la caradurez de pedirme lo mismo por enseñarme mi propio idioma que por el francés; así que no le daré más de un chelín. Tómelo o déjelo.

HIGGINS. [Caminando arriba y abajo por la habitación, haciendo sonar sus llaves y su dinero en efectivo en los bolsillos]. Sabe, Pickering, si considera un chelín, no como un simple chelín, sino como un porcentaje de los ingresos de esta muchacha, resulta totalmente equivalente a sesenta o setenta guineas de un millonario.

PICKERING. ¿Cómo es eso?

HIGGINS. Calcúlelo. Un millonario tiene unas 150 libras al día. Ella gana alrededor de media corona.

LIZA. [Altivamente]. ¿Quién le dijo que yo sólo...?

HIGGINS. [Continúa]. Me ofrece dos quintos de sus ingresos del día por una lección. Dos quintos de los ingresos de un millonario por un día serían unas 60 libras. Es bueno. ¡Cielos, es enorme! Es la mayor oferta que he tenido nunca.

LIZA. [Levantándose, aterrorizada]. ¡Sesenta libras! ¿De qué está hablando? Nunca le he ofrecido sesenta libras. ¿De dónde sacaría...?

HIGGINS. Cállese.

LIZA. [Llorando]. Pero no tengo sesenta libras. Oh...

MRS. PEARCE. No llore, muchacha tonta. Siéntese. Nadie va a tocar su dinero.

HIGGINS. Alguien la va a tocar, con un palo de escoba, si no deja de lloriquear. Siéntese.

LIZA. [Obedeciendo lentamente]. ¡Ah-ah-ah-o-oo-o! Cualquiera diría que es mi padre.

HIGGINS. Si decido enseñarle, seré peor que dos padres para usted. Tome [le ofrece su pañuelo de seda].

LIZA. ¿Para qué es esto?

HIGGINS. Para limpiarse los ojos. Para limpiarse cualquier parte de la cara que sienta húmeda. Recuerde: ése es su pañuelo; y ésa es su manga. No confunda lo uno con lo otro si desea convertirse en una dama en una tienda.

Liza, totalmente desconcertada, le mira impotente.

MRS. PEARCE. Es inútil que le hable así, Mr. Higgins: ella no le entiende. Además, está usted muy equivocado: ella no lo hace así en absoluto. [Coge el pañuelo].

LIZA. [Arrebatándoselo]. ¡Tome! Deme ese pañuelo. Él me lo da a mí, no a usted.

PICKERING. [Riendo] Así es. Creo que debe considerarse de su propiedad, Mrs. Pearce.

MRS. PEARCE. [Resignándose]. Le tiene merecido, Mr. Higgins.

PICKERING. Higgins: me interesa. ¿Y la fiesta de jardín del embajador? Diré que es el mejor profesor vivo si lo hace bien. Le apuesto todos los gastos del experimento a que no puede hacerlo. Y yo pagaré las lecciones.

LIZA. Es usted muy bueno. Gracias, Capitán.

HIGGINS. [Tentado, mirándola]. Es casi irresistible. Es tan deliciosamente baja, tan horriblemente sucia...

LIZA. [Protestando enérgicamente] ¡¡¡Ah-ah-ah-o-o-oooo!!! No estoy sucia: me lavé la cara y las manos antes de venir, lo hice.

PICKERING. Desde luego no va a hacerle volver la cabeza con halagos, Higgins.

MRS. PEARCE. [Intranquila]. Oh, no diga eso, señor: hay más de una forma de hacer girar la cabeza de una muchacha; y nadie puede hacerlo mejor que Mr. Higgins, aunque no siempre sea su intención. Espero, señor, que no le anime a hacer ninguna tontería.

HIGGINS. [Se excita a medida que la idea se desarrolla]. ¿Qué es la vida sino una serie de locuras inspiradas? Lo difícil es encontrarlas para hacerlas. Nunca pierdas una oportunidad: no se presenta todos los días. Haré una duquesa de esta golfilla con cola de arrastre.

LIZA. [Desaprobando enérgicamente esta visión de ella]. ¡Ah-ah-ah-o-o-oo!

HIGGINS. [Se deja llevar]. Sí: en seis meses —en tres si tiene buen oído y una lengua rápida— la llevaré a cualquier parte y la haré pasar por cualquier cosa. Empezaremos hoy: ¡ahora! ¡en este momento! Llévesela y límpiela, Mrs. Pearce. Use jabón Monkey Brand, si no sale de otra manera. ¿Hay un buen fuego en la cocina?

MRS. PEARCE. [Protestando]. Sí; pero...

HIGGINS. [Irrumpiendo]. Quítele toda la ropa y quémela. Llame a Whiteley o a alguien para que le traigan ropas nuevas. Envuélvala en papel de estraza hasta que lleguen.

LIZA. Usted no es un caballero, no lo es, para hablar de esas cosas. Soy una buena muchacha, lo soy; y sé lo que son ustedes, lo sé.

HIGGINS. No queremos nada de su mojigatería de Lisson Grove aquí, jovencita. Tiene que aprender a comportarse como una duquesa. Llévesela, Mrs. Pearce. Si le da algún problema golpéela.

LIZA. [Saltando y corriendo entre Pickering y Mrs. Pearce para protegerse]. ¡No! Llamaré a la policía, lo haré.

MRS. PEARCE. Pero no tengo dónde ponerla.

HIGGINS. Póngala en el cubo de la basura.

LIZA. ¡Ah-ah-ah-o-o-oo!

PICKERING. ¡Oh, vamos, Higgins! Sea razonable.

MRS. PEARCE. [Resueltamente]. Debe ser razonable, Mr. Higgins: realmente debe serlo. No puede pisotear así a todo el mundo.

Higgins, así regañado, se calma. Al huracán le sucede un céfiro de amable sorpresa.

HIGGINS. [Con exquisitez profesional en la modulación]. ¡Pisoteo a todo el mundo! Mi querida Mrs. Pearce, mi querido Pickering, nunca he tenido la menor intención de pasar por encima de nadie. Lo único que propongo es que seamos amables con esta pobre muchacha. Debemos ayudarla a prepararse y adecuarse a su nueva estación en la vida. Si no me expresé con claridad fue porque no deseaba herir su delicadeza, ni la suya.

Liza, tranquilizada, regresa a su silla.

MRS. PEARCE. [A Pickering]. Bueno, ¿alguna vez ha oído algo así, señor?

PICKERING. [Riendo a carcajadas]. Nunca, Mrs. Pearce: nunca.

HIGGINS. [Pacientemente]. ¿Qué ocurre?

MRS. PEARCE. Bueno, la cuestión es, señor, que no se puede coger a una muchacha así como quien coge un guijarro en la playa.

HIGGINS. ¿Por qué no?

MRS. PEARCE. ¿Por qué no? Pero usted no sabe nada de ella. ¿Qué hay de sus padres? Puede que esté casada.

LIZA. ¡Increíble!

HIGGINS. ¡Ahí está! Como muy bien dice la muchacha, ¡Increíble! ¡Casada de verdad! ¿No sabe que una mujer de esa clase parece una gastada zángana de cincuenta años al año de casarse?

LIZA. ¿Quién se casaría conmigo?

HIGGINS. [Recurriendo de repente a los tonos graves más estremecedoramente bellos en su mejor estilo elocucionario]. Cielos, Eliza, las calles estarán sembradas de cadáveres de hombres pegándose tiros por su causa antes de que yo haya acabado con usted.

MRS. PEARCE. Tonterías, señor. No debe hablarle así.

LIZA. [Levantándose y cuadrándose con determinación]. Me voy. Se pasó de la raya. No quiero que ningún pelmazo me enseñe.

HIGGINS. [Herido en su punto más tierno por la insensibilidad de ella a su elocución]. ¡Oh, sí! Estoy loco, ¿verdad? Muy bien, Mrs. Pearce: no hace falta que encargue la ropa nueva para ella. Échela.

LIZA. [Lloriqueando]. Noh-o. No tiene derecho a tocarme.

MRS. PEARCE. Ahora ve lo que pasa por ser descarada. [Indicando la puerta]. Por aquí, por favor.

LIZA. [Casi llorando]. No quería ropa. No las habría cogido. [Tira el pañuelo]. Puedo comprarme mi propia ropa.

HIGGINS. [Recuperando hábilmente el pañuelo e interceptándola en su renuente camino hacia la puerta]. Usted es una malvada desagradecida. Esta es mi recompensa por ofrecerme a sacarla de la cuneta y vestirla maravillosamente y hacer de usted una dama.

MRS. PEARCE. Deténgase, Mr. Higgins. No lo permitiré. Usted es el malvado. Vaya a casa con sus padres, muchacha; y dígales que la cuiden mejor.

LIZA. No tengo padres. Me dijeron que ya era mayorcita para ganarme la vida y me echaron.

MRS. PEARCE. ¿Dónde está su madre?

LIZA. No tengo madre. La que me echó fue mi sexta madrastra. Pero he prescindido de ellas. Y soy una buena muchacha, lo soy.

HIGGINS. Muy bien, entonces, ¿a qué viene todo este alboroto? La muchacha no pertenece a nadie, no es útil para nadie excepto para mí. [Se dirige a Mrs. Pearce y comienza a engatusarla]. Puede adoptarla, Mrs. Pearce: estoy seguro de que una hija sería una gran diversión para usted. Ahora no haga más alboroto. Llévela abajo; y...

MRS. PEARCE. Pero, ¿qué va a ser de ella? ¿Se le va a pagar algo? Sea sensato, señor.

HIGGINS. Oh, páguele lo que sea necesario: anótelo en el libro de la casa. [Impaciente]. ¿Para qué demonios querrá ella dinero? Ella tendrá su comida y su ropa. Sólo beberá si le da dinero.

LIZA. [Volviéndose contra él]. Oh, usted es un bruto. Es mentira: nadie ha visto nunca en mí la señal del licor. [Vuelve a su silla y se planta allí desafiante].

PICKERING. [Con buen humor]. ¿No se le ocurre, Higgins, que la muchacha tiene algunos sentimientos?

HIGGINS. [Mirándola críticamente]. Oh no, no lo creo. No hay sentimientos por los que debamos preocuparnos. [Alegremente]. ¿Los tiene, Eliza?

LIZA. Tengo mis sentimientos como cualquier otra persona.

HIGGINS. [A Pickering, reflexivamente]. ¿Ve la dificultad?

PICKERING. ¿Eh? ¿Qué dificultad?

HIGGINS. Para que hable con gramática. La mera pronunciación es bastante fácil.

LIZA. No quiero hablar con gramática. Quiero hablar como una dama.

MRS. PEARCE. Haga el favor de ir al grano, Mr. Higgins. Quiero saber en qué condiciones va a estar aquí la muchacha. ¿Va a tener algún salario? ¿Y qué va a ser de ella cuando haya terminado su enseñanza? Debe pensar un poco hacia adelante.

HIGGINS. [Impaciente]. ¿Qué será de ella si la dejo en la cuneta? Dígamelo, Mrs. Pearce.

MRS. PEARCE. Eso es asunto de ella, no suyo, Mr. Higgins.

HIGGINS. Bueno, cuando haya acabado con ella, podemos volver a tirarla a la cuneta; y entonces volverá a ser asunto suyo; así que está bien.

LIZA. Oh, usted no tiene un corazón sensible: no le importa nada aparte de usted mismo. [Se levanta y levanta la voz con decisión]. ¡Ya está! Ya he tenido bastante. Me voy. [Se dirige a la puerta]. Debería avergonzarse de sí mismo, debería.

HIGGINS. [Arrebata una crema de chocolate del piano, sus ojos de repente empiezan a brillar con picardía]. Tome unos bombones, Eliza.

LIZA. [Vacilante, tentada]. ¿Cómo voy a saber lo que pueden contener? He oído hablar de muchachas drogadas por gente como usted.

Higgins saca su navaja; corta un bombón en dos; se mete una mitad en la boca y la cierra; y le ofrece la otra mitad.

HIGGINS. Promesa de buena fe, Eliza. Yo como una mitad usted come la otra.

[Liza abre la boca para replicar: él le mete el medio chocolate]. Tendrá cajas de ellos, barriles de ellos, todos los días. Vivirá de ellos. ¿Eh?

LIZA. [Que se ha deshecho del chocolate tras estar a punto de ahogarse con él]. No me lo habría comido, sólo que soy demasiado una dama como para quitármelo de la boca.

HIGGINS. Escuche, Eliza. Creo que dijo que había venido en taxi.

LIZA. Bueno, ¿y si así fuera? Tengo tanto derecho a coger un taxi como cualquiera.

HIGGINS. Así es, Eliza; y en el futuro tendrá tantos taxis como quiera. Irá y vendrá y dará la vuelta a la ciudad en taxi todos los días. Piense en ello, Eliza.

MRS. PEARCE. Mr. Higgins: está tentando a la muchacha. No está bien. Ella debería pensar en el futuro.

HIGGINS. ¡A su edad! ¡Tonterías! Tiempo suficiente para pensar en el futuro cuando no se tiene ningún futuro en el que pensar. No, Eliza: haga como esta dama: piense en el futuro de los demás; pero nunca piense en el suyo. Piense en chocolates, y taxis, y oro, y diamantes.

LIZA. No: no quiero oro ni diamantes. Soy una buena muchacha, lo soy. [Se sienta de nuevo, con un intento de dignidad].

HIGGINS. Permanecerá así, Eliza, bajo el cuidado de Mrs. Pearce. Y se casará con un oficial de la Guardia, con un hermoso bigote: el hijo de un marqués, que le desheredará por casarse él con usted, pero que cederá cuando vea su belleza y bondad...

PICKERING. Discúlpeme, Higgins; pero realmente debo interferir. Mrs. Pearce tiene mucha razón. Si esta muchacha va a ponerse en sus manos durante seis meses para un experimento de aprendizaje, debe entender perfectamente lo que está haciendo.

HIGGINS. ¿Cómo puede? Es incapaz de entender nada. Además, ¿alguno de nosotros entiende lo que está haciendo? Si lo hiciéramos, ¿lo haríamos alguna vez?

PICKERING. Muy inteligente, Higgins; pero sin sentido común. [A Eliza]. Miss Doolittle...

LIZA. [Abrumada]. ¡Ah-ah-o-oo!

HIGGINS. ¡Ya está! Eso es todo lo que le puede sacar a Eliza. ¡Ah-ah-o-oo! Es inútil explicarlo. Como militar debería saberlo. Dele sus órdenes: eso es lo que quiere. Eliza: va a vivir aquí los próximos seis meses, aprendiendo a hablar bonito, como una dama en una floristería. Si es buena y hace todo lo que se le diga, dormirá en un dormitorio adecuado, y tendrá mucho que comer, y dinero para comprar bombones y dar paseos en taxi. Si es traviesa y holgazana dormirá en la cocina trasera entre los escarabajos negros y será aporreada por Mrs. Pearce con un palo de escoba. Al cabo de seis meses irá al Palacio de Buckingham en carruaje, bellamente vestida. Si el Rey descubre que no es una dama, será llevada por la policía a la Torre de Londres, donde le cortarán la cabeza como advertencia a otras floristas presuntuosas. Si no es descubierta, tendrá un regalo de siete chelines y seis peniques para empezar su vida como dama en una tienda. Si rechaza esta oferta será una muchacha de lo más desagradecida y malvada; y los ángeles llorarán por usted. [A Pickering]. ¿Ahora está satisfecho, Pickering? [A Mrs. Pearce]. ¿Puedo decirlo más clara y justamente, Mrs. Pearce?

MRS. PEARCE. [Pacientemente]. Creo que será mejor que me deje hablar con la muchacha en privado. No sé si puedo hacerme cargo de ella o consentir el arreglo en absoluto. Por supuesto, sé que no quiere hacerle ningún daño; pero cuando usted se interesa en lo que se llama el acento de la gente, nunca piensa ni le importa lo que pueda pasarles a ellos o a usted. Venga conmigo, Eliza.

HIGGINS. No hay de qué. Gracias, Mrs. Pearce. Llévela al cuarto de baño.

LIZA. [Levantándose de mala gana y con recelo]. Usted es un gran matón. No me quedaré aquí si no me gusta. No dejaré que nadie me golpee. Nunca pedí ir al Palacio Bucknam, no lo hice. Nunca tuve problemas con la policía, no yo. Soy una buena muchacha...

MRS. PEARCE. No responda, muchacha. No entiende al caballero. Venga conmigo. [Se dirige a la puerta y la mantiene abierta para Eliza].

LIZA. [Mientras sale]. Bueno, lo que digo es cierto. No me acercaré al rey, no si me van a cortar la cabeza. Si hubiera sabido en lo que me estaba metiendo, no habría venido aquí. Siempre he sido una buena muchacha; y nunca me ofrecí a decirle una palabra; y no le debo nada; y no me importa; y no me van a presionar; y tengo mis sentimientos igual que cualquier otra persona...

Mrs. Pearce cierra la puerta y las quejas de Eliza ya no se oyen. Pickering viene de la chimenea a la silla y se sienta a horcajadas en ella con los brazos sobre el respaldo.

PICKERING. Disculpe la pregunta directa, Higgins. ¿Es usted un hombre de carácter correcto en lo que concierne a las mujeres?

HIGGINS. [Malhumorado]. ¿Ha conocido alguna vez a un hombre de carácter correcto en lo que respecta a las mujeres?

PICKERING. Sí: con mucha frecuencia.

HIGGINS. [Dogmáticamente, elevándose sobre sus manos hasta el nivel del piano, y sentándose en él rebotando]. Pues yo no. Descubro que en el momento en que dejo que una mujer se haga amiga mía, se vuelve celosa, exigente, desconfiada y un maldito incordio. Encuentro que en el momento en que me permito hacer amistad con una mujer, me vuelvo egoísta y tiránico. Las mujeres lo alteran todo. Cuando uno las deja entrar en su vida, descubre que la mujer le lleva a una cosa y usted a otra.

PICKERING. ¿A qué, por ejemplo?

HIGGINS. [Bajando del piano inquieto]. ¡Oh, sabe Dios! Supongamos que la mujer quiere vivir su propia vida; y el hombre quiere vivir la suya; y cada uno intenta arrastrar al otro por el camino equivocado. Uno quiere ir hacia el norte y el otro hacia el sur; y el resultado es que ambos tienen que ir hacia el este, aunque los dos odian el viento del este. [Se sienta en el banco ante el teclado]. Así que aquí estoy, un viejo solterón empedernido, y es probable que siga siéndolo.

PICKERING. [Levantándose y poniéndose gravemente a su lado]. ¡Vamos, Higgins! Ya sabe lo que quiero decir. Si voy a estar en este negocio me sentiré responsable de esa muchacha. Espero que se entienda que no debe aprovecharse de su posición.

HIGGINS. ¡Qué! ¡Esa cosa! Sagrada, se lo aseguro. [Levantándose para explicar]. Verá usted, ella será una alumna; y la enseñanza sería imposible si las alumnas no fueran sagradas. He enseñado a decenas de millonarias americanas a hablar inglés: las mujeres más guapas del mundo. Estoy curtido. Bien podrían ser bloques de madera. Yo también podría ser un bloque de madera. Es...

Mrs. Pearce abre la puerta. Tiene el sombrero de Eliza en la mano.
Pickering se retira al sillón de la chimenea y se sienta.

HIGGINS. [Ansiosamente]. Bien, Mrs. Pearce: ¿está todo bien?

MRS. PEARCE. [En la puerta]. Sólo deseo molestarle con unas palabras, si me lo permite, Mr. Higgins.

HIGGINS. Sí, desde luego. Adelante. [Ella se acerca]. No queme eso, Mrs. Pearce. Lo guardaré como una curiosidad. [Él coge el sombrero].

MRS. PEARCE. Trátelo con cuidado, señor, por favor. Tuve que prometerle que no lo quemaría; pero será mejor que lo meta un rato en el horno.

HIGGINS. [Dejándolo apresuradamente sobre el piano]. ¡Oh! gracias. Bueno, ¿qué tiene para decirme?

PICKERING. ¿Estorbo?

MRS. PEARCE. No, en absoluto, señor. Mr. Higgins: ¿podría ser muy cuidadoso en lo que dice ante la muchacha?

HIGGINS. [Severamente]. Por supuesto. Siempre soy cuidadoso con lo que digo. ¿Por qué me dice esto?

MRS. PEARCE. [Impasible]. No, señor: usted no es nada cuidadoso cuando se le ha perdido algo o cuando se impacienta un poco. Ahora bien, no importa lo que diga delante mío: estoy acostumbrada. Pero de verdad que no debe jurar ante la muchacha.

HIGGINS. [Indignado]. ¡Jurar! [Más enfáticamente]. Yo nunca digo juramentos. Detesto ese hábito. ¿Qué demonios quiere decir?

MRS. PEARCE. [Con firmeza]. A eso me refiero, señor. Jura demasiado. No me importa que maldiga y explote, y qué demonios y dónde demonios y quién demonios...

HIGGINS. ¡De verdad! Mrs. Pearce: ¡este lenguaje saliendo de sus labios!

MRS. PEARCE. [Para no desanimarse]. ... pero hay cierta palabra que debo pedirle que no utilice. La muchacha acaba de utilizarla ella misma porque el baño estaba demasiado caliente. Empieza por la misma letra que la mampara del baño. Ella no sabe nada mejor: la aprendió de las rodillas de su madre. Pero no debe oírla de sus labios.

HIGGINS. [Con altivez]. No puedo acusarme de haberla pronunciado nunca, Mrs. Pearce. [Ella le mira fijamente. Él añade, ocultando una conciencia intranquila con aire judicial]. Excepto quizás en un momento de extrema y justificada excitación.

MRS. PEARCE. Tan sólo esta mañana, señor, la aplicó a sus mocasines, a la manteca y a las medialunas.

HIGGINS. ¡Oh, eso! Mera aliteración, Mrs. Pearce, natural en un poeta.

MRS. PEARCE. Bueno, señor, como quiera llamarlo, le ruego que no deje que la muchacha le oiga repetirlo.

HIGGINS. Oh, muy bien, muy bien. ¿Eso es todo?

MRS. PEARCE. No, señor. Tendremos que ser muy cuidadosos con esta muchacha en cuanto al aseo personal.

HIGGINS. Desde luego. Muy cierto. Eso es lo más importante.

MRS. PEARCE. Me refiero a que usted no sea desaliñado en el vestir ni desordenado, dejando las cosas por ahí.

HIGGINS. [Se dirige a ella solemnemente]. Así es. Pretendía llamar su atención sobre eso. [Pasa a hablar a Pickering, que está disfrutando enormemente de la conversación]. Son estas pequeñas cosas las que importan, Pickering. Cuida los peniques y las libras se cuidarán solas es tan cierto de los hábitos personales como del dinero. [Se detiene en la chimenea, con el aire de un hombre en una posición inexpugnable].

MRS. PEARCE. Sí, señor. Entonces podría pedirle que no baje a desayunar en bata, o en todo caso que no la utilice como servilleta de la manera que lo hace, señor. Y si fuera tan amable de no comer todo del mismo plato, y de acordarse de no poner el cazo de las gachas de su mano sobre el mantel limpio, sería un mejor ejemplo para la muchacha. Usted sabe que estuvo a punto de atragantarse con una espina de pescado en la mermelada la semana pasada.

HIGGINS. [Se aleja de la chimenea y vuelve al piano]. Puede que haga estas cosas a veces cuando tengo la mente ausente; pero seguro que no las hago habitualmente. [Enfadado]. Por cierto: mi bata huele condenadamente a bencina.

MRS. PEARCE. Sin duda, Mr. Higgins. Pero si se limpia los dedos...

HIGGINS. [Gritando]. Oh muy bien, muy bien: me los limpiaré en el pelo en el futuro.

MRS. PEARCE. Espero que no se ofenda, Mr. Higgins.

HIGGINS. [Conmocionado al verse capaz de un sentimiento poco amistoso]. En absoluto, en absoluto. Tiene toda la razón, Mrs. Pearce: tendré especial cuidado ante la muchacha. ¿Eso es todo?

MRS. PEARCE. No, señor. ¿Podría usar alguno de esos vestidos japoneses que trajo del extranjero? Realmente no puedo volver a ponerla en sus viejas cosas.

HIGGINS. Desde luego. Lo que usted quiera. ¿Eso es todo?

MRS. PEARCE. Gracias, señor. Eso es todo. [Sale].

HIGGINS. Sabe, Pickering, esa mujer tiene las ideas más extraordinarias sobre mí. Aquí estoy yo, un tipo tímido y apocado. Nunca he sido capaz de sentirme realmente grande e imponente, como otros tipos. Y sin embargo, ella está firmemente persuadida de que soy una especie de mandón arbitrario. No puedo explicarlo.

Vuelve Mrs. Pearce.

MRS. PEARCE. Si me disculpa, señor, los problemas ya han empezado. Hay un basurero abajo, Alfred Doolittle, quiere verle. Dice que usted tiene a su hija aquí.

PICKERING. [Levantándose]. ¡Uf! ¡Vaya! [Se retira a la chimenea].

HIGGINS. [Con prontitud]. Que suba el canalla.

MRS. PEARCE. Oh, muy bien, señor. [Sale].

PICKERING. Puede que no sea un canalla, Higgins.

HIGGINS. Tonterías. Claro que es un canalla.

PICKERING. Lo sea o no, me temo que tendremos problemas con él.

HIGGINS. [Con confianza]. Oh no: creo que no. Si hay algún problema él lo tendrá conmigo, no yo con él. Y seguro que sacamos algo interesante de él.

PICKERING. ¿Acerca de la muchacha?

HIGGINS. No. Me refiero a su dialecto.

PICKERING. ¡Oh!

MRS. PEARCE. [En la puerta]. Doolittle, señor. [Admite a Doolittle y se retira].

Alfred Doolittle es un viejo pero vigoroso basurero, ataviado con el traje de su profesión, que incluye un sombrero de ala trasera que le cubre el cuello y los hombros. Tiene unos rasgos bien marcados y bastante interesantes, y parece igualmente libre de miedo y de conciencia. Tiene una voz notablemente expresiva, fruto del hábito de dar rienda suelta a sus sentimientos sin reservas. Su pose actual es la del honor herido y la resolución severa.

DOOLITTLE. [En la puerta, sin saber cuál de los dos caballeros es el que busca]. ¿Profesor Higgins?

HIGGINS. Aquí. Buenos días. Siéntese.

DOOLITTLE. Buenos días, Gobernador. [Se sienta magistralmente]. Vengo por un asunto muy serio, Gobernador.

HIGGINS. [A Pickering]. Criado en Hounslow. Madre galesa, creo. [Doolittle abre la boca, asombrado. Higgins continúa]. ¿Qué quiere, Doolittle?

DOOLITTLE. [Amenazadoramente]. Quiero a mi hija: eso es lo que quiero. ¿Lo ve?

HIGGINS. Por supuesto que sí. Usted es su padre, ¿no? No cree que nadie más la quiera, ¿verdad? Me alegra ver que le queda alguna chispa de sentimiento familiar. Ella está arriba. Llévesela de inmediato.

DOOLITTLE. [Levantándose, temerosamente sorprendido]. ¡Qué!

HIGGINS. Llévesela. ¿Cree que voy a quedarme con su hija?

DOOLITTLE. [Protestando]. Ahora, ahora, mire aquí, Gobernador. ¿Es esto razonable? ¿Es justo aprovecharse así de un hombre? La muchacha me pertenece. Usted la tiene. ¿Qué hay para mí? [Se sienta de nuevo].

HIGGINS. Su hija tuvo la osadía de venir a mi casa y pedirme que le enseñara a hablar correctamente para poder conseguir un puesto en una floristería. Este caballero y mi ama de llaves han estado aquí todo el tiempo. [Acosándolo]. ¿Cómo se atreve a venir aquí e intentar chantajearme? Usted la envió aquí a propósito.

DOOLITTLE. [Protestando]. No, Gobernador.

HIGGINS. Seguro que sí. ¿Cómo si no podría saber que está aquí?

DOOLITTLE. No me culpe así, Gobernador.

HIGGINS. La policía le culpará. Esto es un complot para extorsionar mediante amenazas. Llamaré por teléfono a la policía. [Se dirige con decisión al teléfono y abre la guía].

DOOLITTLE. ¿Le he pedido siquiera un cuarto de penique de latón?

Que lo diga el caballero aquí presente: ¿he dicho una palabra sobre dinero?

HIGGINS. [Tirando el libro a un lado y marchando hacia Doolittle con una pose]. ¿Y para qué ha venido?

DOOLITTLE. [Dulcemente]. Bueno, ¿para qué vendría un hombre? Sea humano, Gobernador...

HIGGINS. [Desarmado]. Alfred: ¿la ha plantado?

DOOLITTLE. ... así que ayúdeme, Gobernador, nunca lo hice. Juro por la Biblia que no he visto a la muchacha en estos dos meses.

HIGGINS. Entonces, ¿cómo sabía usted que ella estaba aquí?

DOOLITTLE. [«El más musical, el más melancólico»]. Se lo diré, Gobernador, si me deja decir una palabra. Estoy anhelando decírselo. Estoy deseando decírselo. Estoy esperando decírselo.

HIGGINS. Pickering: este tipo tiene un cierto don natural para la retórica. Observe el ritmo salvaje de sus notas de bosque nativas. «Estoy anhelando decírselo. Estoy deseando decírselo. Estoy esperando decírselo». ¡Retórica sentimental! Esa es la tensión galesa en él. También explica su mendacidad y deshonestidad.

PICKERING. Oh, *por favor*, Higgins: yo también soy del oeste. [A Doolittle]. ¿Cómo sabía que la muchacha estaba aquí si usted no la envió?

DOOLITTLE. Fue así, Gobernador. La muchacha buscó un muchacho con un taxi para darle un paseo. Es hijo de su casera. Se quedó dando vueltas por si ella quería que la llevara de nuevo a casa. Bueno, ella le envió de vuelta a por su equipaje cuando se enteró de que usted estaba dispuesto a que ella parara aquí. Encontré al chico en la esquina de Long Acre y Endell Street.

HIGGINS. En el bar. ¿Sí?

DOOLITTLE. El club de los pobres, Gobernador: ¿por qué no habría de hacerlo?

PICKERING. Deje que cuente su historia, Higgins.

DOOLITTLE. Me dijo lo que sucedía. Y, yo le pregunto, ¿cuáles eran mis sentimientos y mi deber como padre? Le dije al muchacho: «Traigame el equipaje».

PICKERING. ¿Por qué no fue usted mismo?

DOOLITTLE. La casera no me habría hecho confianza, Gobernador. Es esa clase de mujer, ya sabe. Tuve que darle un penique al muchacho antes de que me lo confiara, el muy cerdo. Se lo traje a ella sólo para complacerle a usted y ser de agrado. Eso es todo.

HIGGINS. ¿Cuánto equipaje?

DOOLITTLE. Un instrumento musical, Gobernador. Unas pocas fotografías, un poco de joyería y una jaula de pájaros. Dijo que no quería ropa. ¿Qué debía pensar de eso, Gobernador? Le pregunto, como padre, ¿qué debía pensar?

HIGGINS. Así que ha venido a rescatarla de algo peor que la muerte, ¿eh?

DOOLITTLE. [Apreciativamente; aliviado al ser comprendido]. Así es, Gobernador. Así es.

PICKERING. Pero, ¿por qué trajo su equipaje si pretendía llevársela?

DOOLITTLE. ¿He dicho una palabra sobre llevármela? ¿Lo he hecho en algún momento?

HIGGINS. [Con determinación]. Se la va a llevar, tan rápido como se pueda. [Cruza hacia el hogar y toca la campanilla].

DOOLITTLE. [Poniéndose de pie]. No, Gobernador. No diga eso. No soy el hombre adecuado para interponerme a la luz de mi muchacha. Aquí se abre una carrera para ella, como se podría decir; y...

Mrs. Pearce abre la puerta y espera órdenes.

HIGGINS. Mrs. Pearce: este es el padre de Eliza. Ha venido a llevársela. Entréguesela. [Vuelve al piano, con aire de lavarse las manos de todo el asunto].

DOOLITTLE. No. Esto es un malentendido. Escuche...

MRS. PEARCE. No puede llevársela, Mr. Higgins; ¿cómo podría? Usted me dijo que quemara su ropa.

DOOLITTLE. Así es. No puedo llevar a la muchacha por las calles como un maldito mono, ¿verdad? Se lo pregunto.

HIGGINS. Me ha dicho que quiere a su hija. Llévese a su hija. Si no tiene ropa salga y cómprele alguna.

DOOLITTLE. [Desesperado]. ¿Dónde está la ropa con la que vino? ¿La ha quemado o lo ha hecho su señora?

MRS. PEARCE. Soy el ama de llaves, por favor. He mandado traer ropa para su muchacha. Cuando lleguen puede llevársela. Puede esperar en la cocina. Por aquí, por favor.

Doolittle, muy perturbado, la acompaña hasta la puerta; luego duda; finalmente se dirige confidencialmente a Higgins.

DOOLITTLE. Escuche, Gobernador. Usted y yo somos hombres de mundo, ¿no?

HIGGINS. ¡Oh! Hombres de mundo, ¿verdad? Será mejor que se vaya, Mrs. Pearce.

MRS. PEARCE. Creo que sí, señor. [Se va, con dignidad].

PICKERING. Tiene la palabra, Mr. Doolittle.

DOOLITTLE. [A Pickering]. Se lo agradezco, Gobernador. [A Higgins, que se refugia en el banco del piano, un poco abrumado por la proximidad de su visitante; porque Doolittle tiene un aire profesional a polvo]. Bueno, la verdad es que me he encaprichado un poco con usted, Gobernador; y si quiere a la muchacha, no estoy tan decidido a tenerla de vuelta en casa como para no estar abierto a un acuerdo. Considerada desde el punto de vista de una joven, es una muchacha muy guapa. Como hija no vale la pena mantenerla; y eso se lo digo sin rodeos. Todo lo que pido son mis derechos como padre; y usted es el último hombre vivo que esperaría que la dejara ir por nada; porque puedo ver que usted es una persona recta, Gobernador. Bueno, ¿qué es un billete de cinco libras para usted? ¿Y qué es Eliza para mí? [Vuelve a su silla y se sienta juiciosamente].

PICKERING. Creo que debe saber, Doolittle, que las intenciones de Mr. Higgins son totalmente honorables.

DOOLITTLE. Claro que lo son, Gobernador. Si pensara que no lo son, le pediría cincuenta.

HIGGINS. [Asqueado]. ¿Quiere decir, insensible bribón, que vendería a su hija por 50 libras?

DOOLITTLE. No, en general no lo haría; pero para complacer a un caballero como usted haría mucho, se lo aseguro.

PICKERING. ¿No tiene moral, hombre?

DOOLITTLE. [Desvergonzado]. No puedo permitírmela, Gobernador. Tampoco podría usted si fuera tan pobre como yo. No es que lo haga con mala intención. Pero si Liza va a tener algo de esto, ¿por qué no yo también?

HIGGINS. [Preocupado]. No sé qué hacer, Pickering. No puede haber duda de que, como cuestión de moral, es un verdadero crimen darle a este tipo siquiera un cuarto de penique. Y sin embargo siento una especie de justicia tosca en su reclamo.

DOOLITTLE. Eso es todo, Gobernador. Eso es todo lo que digo. El corazón de un padre, por así decirlo.

PICKERING. Bueno, entiendo el sentimiento, pero realmente parece poco correcto...

DOOLITTLE. No diga eso, Gobernador. No lo mire así. ¿Qué soy yo, Gobernadores? Les pregunto, ¿qué soy? Soy uno de los pobres que no lo merecen: eso es lo que soy. Piensen en lo que eso significa para un hombre. Significa que está en contra de la moral de la clase media todo el tiempo. Si hay algo que pasa, y pongo un poco de mi parte, siempre es la misma historia: «No lo merece; así que no puede tenerlo». Pero mis necesidades son tan grandes como las de la viuda más merecedora que jamás haya recibido dinero de seis organizaciones benéficas diferentes en una semana por la muerte del mismo marido. No necesito menos que un hombre que se lo merece, al contrario, necesito más. No como menos que él, y bebo mucho más. Quiero un poco de diversión, porque soy un hombre pensante. Quiero alegría, una canción y una banda de música cuando me sienta decaído. Pues bien, me cobran por todo lo mismo que a los que lo merecen. ¿Qué es la moralidad de la clase media? Sólo una excusa para no darme nunca nada. Por lo tanto, les pido, como dos caballeros, que no jueguen a ese juego conmigo. Estoy jugando limpio con ustedes. No pretendo ser alguien que lo merezca. No lo merezco; y pienso que seguirá siendo así. Me gustan esas cosas; y esa es la verdad. ¿Se aprovechará de la naturaleza de un hombre para hacerle pagar con el precio de su propia hija, a la que ha criado y alimentado y vestido con el sudor de su frente hasta que ha crecido lo suficiente como para interesarles a ustedes, caballeros? ¿Cinco libras no es razonable? Se lo planteo; y se lo dejo a ustedes.

HIGGINS. [Se levanta y se acerca a Pickering]. Pickering: si tomáramos a este hombre en nuestras manos durante tres meses, podría elegir entre un puesto en el Gabinete o un púlpito en Gales.

PICKERING. ¿Qué dice a eso, Doolittle?

DOOLITTLE. No yo, Gobernador, gracias por su amabilidad. He oído a todos los predicadores y a todos los primeros ministros —pues soy un hombre pensante y apuesto a la política o a la religión o a la reforma social igual que participo en todas las demás diversiones— y le digo que es una vida de perros se mire como se mire. La pobreza inmerecida es mi dirección. Tomar una posición en la sociedad en vez de otra, es... es... bueno, ésta es la única que tiene algo de jengibre, para mi gusto.

HIGGINS. Supongo que debemos darle cinco libras.

PICKERING. Me temo que le dará un mal uso.

DOOLITTLE. No yo, Gobernador, así que ayúdeme que no lo haré. No tema que lo guarde y lo ahorre y viva ociosamente de ello. No quedará ni un penique para el lunes; tendré que ir a trabajar igual que si nunca las hubiera tenido. No me empobrecerá, ya lo creo. Sólo una buena juerga para mí y la señora, dándonos placer a nosotros mismos y empleo a los demás, y la satisfacción de pensar que no se ha tirado a la basura. No podría gastarlo mejor.

HIGGINS. [Saca su libro de bolsillo y se interpone entre Doolittle y el piano]. Esto es irresistible. Démosle diez. [Ofrece dos billetes al basurero].

DOOLITTLE. No, Gobernador. Ella no tendría coraje para gastar diez; y quizá yo tampoco. Diez libras es mucho dinero: hace que un hombre se sienta prudente; y luego, adiós a la felicidad. Deme lo que le pido, Gobernador: ni un penique más, ni un penique menos.

PICKERING. ¿Por qué no se casa con esa señora suya? No me gusta alentar este tipo de inmoralidad.

DOOLITTLE. Dígaselo a ella, Gobernador: dígaselo. Yo estoy dispuesto. Soy yo quien sufre por ello. No tengo ningún control sobre ella. Tengo que ser agradable con ella. Tengo que hacerle regalos. Tengo que comprarle ropa algo pecaminosa. Soy esclavo de esa mujer, Gobernador, sólo porque no soy su legítimo esposo. Y ella bien que lo sabe. ¡Atrápenla casándose conmigo! Acepte mi consejo, Gobernador: cásese con Eliza mientras sea joven y no conozca nada mejor. Si no lo hace, lo lamentará después. Si lo hace, ella lo lamentará después; pero mejor usted que ella, porque usted es un hombre, y ella es sólo una mujer y no sabe cómo ser feliz de todos modos.

HIGGINS. Pickering, si escuchamos a este hombre un minuto más, no nos quedarán convicciones. [A Doolittle]. Cinco libras creo que dijo.

DOOLITTLE. Muchas gracias, Gobernador.

HIGGINS. ¿Está seguro de que no aceptará diez?

DOOLITTLE. No ahora. En otro momento, Gobernador.

HIGGINS. [Le entrega un billete de cinco libras]. Aquí tiene.

DOOLITTLE. Gracias, Gobernador. Buenos días.

[Se dirige con prisa hacia la puerta, ansioso por huir con su botín. Cuando la abre se encuentra con una joven japonesa delicada y exquisitamente limpia, vestida con un sencillo kimono azul de algodón estampado discretamente con pequeñas flores blancas de jazmín. Mrs. Pearce está con ella. Él se aparta de ella con deferencia y se disculpa]. Disculpe, señorita.

LA DAMA JAPONESA. ¡Increíble! ¿No conoces a tu propia hija?

DOOLITTLE. {exclamando   ¡Caray! ¡Es Eliza!

HIGGINS   {simul-   ¡Qué es eso! ¡Esto!

PICKERING   {táneamente   ¡Por Dios!

LIZA. ¿No parezco una tonta?

HIGGINS. ¿Tonta?

MRS. PEARCE. [En la puerta]. Ahora, Mr. Higgins, por favor, no diga nada que haga que la muchacha se envanezca de sí misma.

HIGGINS. [Concienzudamente]. ¡Oh! Tiene toda la razón, Mrs. Pearce.

[A Eliza]. Sí, condenadamente tonta.

MRS. PEARCE. Por favor, señor.

HIGGINS. [Corrigiéndose]. Quiero decir extremadamente tonta.

LIZA. Me vería muy bien con el sombrero puesto. [Coge su sombrero, se lo pone y cruza la habitación hacia la chimenea como desfilando].

HIGGINS. ¡Una nueva moda, cielos! ¡Y debe ser horrible!

DOOLITTLE. [Con orgullo paternal]. Bueno, nunca pensé que se pondría tan guapa, Gobernador. Es gracias a mí, ¿verdad?

LIZA. Te digo que es fácil ser limpia aquí. Agua caliente y fría del grifo, toda la que quiera, hay. Toallas de lana, hay; y un secador de toallas tan caliente que quema los dedos. Cepillos suaves para fregarse y un cuenco de madera con jabón que huele a prímulas. Ahora sé por qué las señoras son tan limpias. Lavarse es un placer para ellas. ¡Ojalá vieran lo que es para alguien como yo!

HIGGINS. Me alegro de que el cuarto de baño contara con su aprobación.

LIZA. No fue así: no del todo; y no me importa quién me oiga decirlo. Mrs. Pearce lo sabe.

HIGGINS. ¿Qué sucedió, Mrs. Pearce?

MRS. PEARCE. [Suavemente]. Oh, nada, señor. No tiene importancia.

LIZA. Tenía muchas ganas de romperlo. No sabía por dónde mirar. Pero colgué una toalla encima, eso hice.

HIGGINS. ¿Sobre qué?

MRS. PEARCE. Sobre el espejo, señor.

HIGGINS. Doolittle, ha educado a su hija de forma demasiado estricta.

DOOLITTLE. ¡Yo! Nunca la crié para nada, excepto para darle un golpe con el cinto de vez en cuando. No me lo eche en cara, Gobernador. No está acostumbrada, ya ve, eso es todo. Pero pronto adoptará sus maneras libres y desenfadadas.

LIZA. Soy una buena muchacha, lo soy; y no elegiré caminos fáciles y sin escollos.

HIGGINS. Eliza, si vuelve a decir que es una buena muchacha, su padre la llevará a casa.

LIZA. No a él. No conoce a mi padre. Sólo ha venido a visitarle para conseguir dinero con el que emborracharse.

DOOLITTLE. ¿Para qué más querría dinero? Para echar en la colecta en la iglesia, supongo. [Ella le saca la lengua. Él está tan indignado por esto que Pickering se ve en la necesidad de interponerse entre ellos]. No quiero ver tu lengua para nada; y que no escuche que le sacas la lengua a a este caballero tampoco, o tendrás noticias mías al respecto. ¿Entiendes?

HIGGINS. ¿Tiene algún otro consejo que darle antes de irse, Doolittle? Su bendición, por ejemplo.

DOOLITTLE. No, Gobernador, no soy tan estúpido como para exponer a mis hijos a todo lo que yo mismo sé. Ya es bastante difícil retenerlos sin eso. Si quiere mejorar la mente de Eliza, Gobernador, hágalo usted mismo con un cinto. Hasta luego, caballeros. [Se da la vuelta para irse].

HIGGINS. [Formidable]. Basta. Usted vendrá regularmente a ver a su hija. Es su deber, lo sabe. Mi hermano es clérigo y podría ayudarle en sus conversaciones con ella.

DOOLITTLE. [Evasivamente]. Ciertamente. Vendré, Gobernador. Sólo que no esta semana, porque tengo un trabajo a cierta distancia. Pero más adelante puede contar conmigo. Buenas tardes, caballeros. Buenas tardes, señora. [Se quita el sombrero ante Mrs. Pearce, que desdeña el saludo y sale. Él le guiña un ojo a Higgins, pensando que probablemente es un compañero que sufre el difícil carácter de Mrs. Pearce, y la sigue].

LIZA. No crea al viejo mentiroso. Le daría igual que le echara encima un bull-dog que un clérigo. No volverá a verle ni siquiera corriendo.

HIGGINS. Ni quiero, Eliza. ¿Quiere usted?

LIZA. Yo no. No quiero volver a verle, no quiero. Es una desgracia para mí, lo es, barriendo polvo, en lugar de trabajar en su oficio.

PICKERING. ¿Cuál es su oficio, Eliza?

LIZA. Sacar dinero de los bolsillos de los demás para llevarlo al suyo. Su verdadero oficio es el de marinero y a veces también trabaja en ello —para ejercitarse— y gana buen dinero con ello. ¿Ya no me va a llamar Miss Doolittle?

PICKERING. Le pido perdón, Miss Doolittle. Ha sido un lapsus.

LIZA. Oh, no me importa, es sólo que sonaba tan gentil. Me gustaría coger un taxi hasta la esquina de Tottenham Court Road y bajarme allí y decirle que me espere, sólo para poner un poco a las muchachas en su sitio. No hablaría con ellas, ¿sabe?

PICKERING. Mejor espere a que le consigamos algo realmente a la moda.

HIGGINS. Además, no debería cortar con sus viejas amistades ahora que ha ascendido en el mundo. Eso es lo que llamamos esnobismo.

LIZA. Espero que ahora no llame amigos míos a gente como ellos. Ya me han hecho bastante mal, a menudo, con sus burlas cuando han tenido ocasión, y ahora pretendo recuperar un poco de lo mío. Pero si voy a tener ropa a la moda, esperaré. Me gustaría tener alguna. Mrs. Pearce dice que me va a dar algo para ponerme en la cama por la noche diferente de lo que llevo por el día; pero me parece un derroche de dinero cuando simplemente podría conseguir algo para lucir. Además, nunca me ha apetecido ponerme cosas frías en una noche de invierno.

MRS. PEARCE. [Volviéndose]. Atención, Eliza. Han llegado las cosas nuevas para que se las pruebes.

LIZA. ¡Ah-o-oo-ooh! [Sale corriendo].

MRS. PEARCE. [Siguiéndola]. Oh, no se de prisa así, muchacha. [Cierra la puerta tras de sí].

HIGGINS. Pickering, hemos asumido un duro trabajo.

PICKERING. [Con convicción]. Higgins, sí que lo hemos hecho.

Es el día en el que Mrs. Higgins recibe visitas en su casa. Aún no ha llegado nadie. Su salón, en un piso en la costa en Chelsea, tiene tres ventanas que dan al río; y el techo no es tan alto como lo sería en una casa más antigua con las mismas pretensiones. Las ventanas están abiertas, lo que da acceso a un balcón con flores en macetas. Si uno se coloca de cara a las ventanas, tiene la chimenea a su izquierda y la puerta en la pared de la derecha, cerca de la esquina más cercana a las ventanas.

Mrs. Higgins se crió con Morris y Burne Jones; y su habitación, que es muy distinta a la de su hijo en Wimpole Street, no está abarrotada de muebles y mesitas y chucherías. En el centro de la habitación hay una gran otomana; y ésta, con la alfombra, los papeles pintados de Morris y las cortinas de las ventanas de cretona de Morris y las fundas de brocado de la otomana y sus cojines, aportan todo el ornamento, y son demasiado bonitas para ocultarlas con cachivaches de cosas inútiles. En las paredes hay algunos buenos óleos de las exposiciones de la Galería Grosvenor de hace treinta años (los de Burne Jones, no los de Whistler). El único paisaje es un Cecil Lawson a la escala de un Rubens. Hay un retrato de Mrs. Higgins tal y como era cuando desafiaba a la moda en su juventud con uno de los hermosos trajes rossettianos que, al ser caricaturizados por gente que no los entendía, desembocaron en los absurdos del esteticismo popular de los años setenta.

En el rincón diagonalmente opuesto a la puerta, Mrs. Higgins, que ahora tiene más de sesenta años y hace tiempo que no se toma la molestia de vestirse a la moda, está sentada escribiendo en un elegante y sencillo escritorio con un botón para una campanilla al alcance de su mano. Hay una silla Chippendale más atrás en la habitación, entre ella y la ventana más próxima a su lado. Al otro lado de la habitación, más adelante, hay una silla isabelina toscamente tallada al gusto de Íñigo Jones. En el mismo lado un piano con una caja decorada. La esquina entre la chimenea y la ventana está ocupada por un diván acolchado en cretona Morris.

La escena ocurre entre las cuatro y las cinco de la tarde.

La puerta se abre violentamente y entra Higgins con el sombrero puesto.

MRS. HIGGINS. [Consternada]. ¡Henry! [Regañándole]. ¿Qué haces hoy aquí? Es mi día para recibir visitas; prometiste no venir. [Cuando él se inclina para besarla, ella le quita el sombrero y se lo da].

HIGGINS. ¡Oh, qué fastidio! [Arroja el sombrero sobre la mesa].

MRS. HIGGINS. Vete a tu casa enseguida.

HIGGINS. [Besándola]. Lo sé, madre. He venido a propósito.

MRS. HIGGINS. Pero no debes. Hablo en serio, Henry. Ofendes a todos mis amigos: dejan de venir cada vez que se encuentran contigo.

HIGGINS. ¡Tonterías! Sé que no tengo aptitud para los temas triviales, pero a la gente no le importa. [Se sienta en el sofá].

MRS. HIGGINS. ¿Ah, no? ¡Temas triviales, en efecto! ¿Y para los temas importantes? De verdad, querido, no debes quedarte.

HIGGINS. Debo hacerlo. Tengo un trabajo para ti. Un trabajo fonético.

MRS. HIGGINS. Es inútil, querido. Lo siento, pero no puedo arreglármelas con tus vocales; y aunque me gusta recibir bonitas postales en tu taquigrafía patentada, siempre tengo que leer las copias en escritura ordinaria que tan atentamente me envías.

HIGGINS. Bueno, este no es un trabajo fonético.

MRS. HIGGINS. Tú dijiste.

HIGGINS. Esa no es tu parte. He recogido a una muchacha.

MRS. HIGGINS. ¿Significa eso que alguna muchacha te ha recogido?

HIGGINS. En absoluto. No me refiero a una relación amorosa.

MRS. HIGGINS. ¡Qué lástima!

HIGGINS. ¿Por qué?

MRS. HIGGINS. Bueno, nunca te enamoras de nadie menor de cuarenta y cinco años. ¿Cuándo descubrirás que hay algunas jóvenes bastante guapas por allí?

HIGGINS. Oh, no puedo ocuparme de las mujeres jóvenes. Mi idea de una mujer adorable es algo tan parecido a ti como sea posible. Nunca conseguiré que me gusten en serio las mujeres jóvenes, algunos hábitos son demasiado profundos como para cambiarlos. [Se levanta bruscamente y camina de un lado a otro, haciendo tintinear su dinero y sus llaves en los bolsillos del pantalón]. Además, son todas idiotas.

MRS. HIGGINS. ¿Sabes lo que harías si me quisieras de verdad, Henry?

HIGGINS. ¡Oh, qué fastidio! ¿Qué? ¿Casarme, supongo?

MRS. HIGGINS. No. Dejar de estar inquieto y sacarte las manos de los bolsillos. [Con un gesto de desesperación, él obedece y vuelve a sentarse]. Buen chico. Ahora háblame de la muchacha.

HIGGINS. Va a venir a verte.

MRS. HIGGINS. No recuerdo haberla invitado.

HIGGINS. No lo hiciste. Yo se lo pedí. Si la hubieras conocido no le habrías preguntado.

MRS. HIGGINS. ¡Claro que sí! ¿Por qué?

HIGGINS. Bueno, es así. Es una florista común. La recogí del bordillo.

MRS. HIGGINS. ¡Y la invitaste a una fiesta en mi casa!

HIGGINS. [Levantándose y acercándose a ella para convencerla]. Oh, no pasa nada. Le he enseñado a hablar correctamente, y tiene órdenes estrictas en cuanto a su comportamiento. Debe ceñirse a dos temas: el tiempo y la salud de todos —buen día y qué tal, ya sabes— y no permitirse hablar de cosas en general. Con eso estará segura.

MRS. HIGGINS. ¡Segura! ¡Hablar de nuestra salud! ¡De nuestro interior! ¡Quizá de nuestro exterior! ¿Cómo puedes ser tan tonto, Henry?

HIGGINS. [Impaciente]. Bueno, ella debe hablar de algo. [Se controla y vuelve a sentarse]. Oh, ella estará bien; no te preocupes. Pickering está en ello conmigo. Tengo una especie de apuesta que dice que la haré pasar por una duquesa en seis meses. Empecé con ella hace unos meses; y se está poniendo como una fiera. Ganaré mi apuesta. Tiene un oído rápido, y ha sido más fácil enseñarle que a mis alumnas de clase media porque ha tenido que aprender un idioma completamente nuevo. Habla inglés casi como tú hablas francés.

MRS. HIGGINS. Eso es satisfactorio, en todo caso.

HIGGINS. Bueno, lo es y no lo es.

MRS. HIGGINS. ¿Qué quieres decir?

HIGGINS. Verás, he logrado bien su pronunciación, pero hay que tener en cuenta no sólo cómo pronuncia una muchacha, sino qué pronuncia, y ahí es donde...

Les interrumpe la doncella, anunciando invitados.

LA DONCELLA DE SALÓN. Mrs. y Miss Eynsford Hill. [Se retira].

HIGGINS. ¡Oh, Señor! [Se levanta, coge su sombrero de la mesa y se dirige a la puerta, pero antes de llegar a ella su madre le presenta].

Mrs. y Miss Eynsford Hill son la madre y la hija que se refugiaron de la lluvia en Covent Garden. La madre es bien educada, tranquila y tiene la ansiedad habitual de la gente de medios escasos. La hija ha adquirido un aire alegre de sentirse muy a gusto en sociedad, la bravura de la pobreza gentil.

MRS. EYNSFORD HILL. [A Mrs. Higgins]. ¿Cómo está usted? [Se dan la mano].

MISS EYNSFORD HILL. ¿Cómo está usted? [Da la mano].

MRS. HIGGINS. [Presentando]. Mi hijo Henry.

MRS. EYNSFORD HILL. ¡Su célebre hijo! He deseado tanto conocerle,

Profesor Higgins.

HIGGINS. [Cabizbajo, sin hacer ningún movimiento en su dirección]. Encantado. [Retrocede contra el piano y se inclina bruscamente].

MISS EYNSFORD HILL. [Se acerca a él con familiaridad y confianza]. ¿Cómo está usted?

HIGGINS. [Mirándola fijamente]. La he visto antes en alguna parte. No tengo ni la más remota idea de dónde; pero he oído su voz. [Lúgubremente]. No importa. Será mejor que se siente.

MRS. HIGGINS. Siento decirles que mi célebre hijo no tiene modales. No deben hacerle caso.

MISS EYNSFORD HILL. [Alegremente]. No hay problema. [Se sienta en la silla isabelina].

MRS. EYNSFORD HILL. [Un poco desconcertada]. En absoluto. [Se sienta en la otomana entre su hija y Mrs. Higgins, que ha apartado su silla de la mesa de escribir].

HIGGINS. Oh, ¿he sido grosero? No pretendía serlo. [Se dirige a la ventana central, a través de la cual, de espaldas a la compañía, contempla el río y las flores de Battersea Park en la orilla opuesta como si fueran un postre helado].

La doncella de salón regresa, haciendo entrar a Pickering.

LA DONCELLA DE SALÓN. Coronel Pickering. [Se retira].

PICKERING. ¿Cómo está usted, Mrs. Higgins?

MRS. HIGGINS. Me alegro de que haya venido. ¿Conoce a Mrs. Eynsford Hill, Miss Eynsford Hill? [Intercambio de reverencias. El Coronel adelanta un poco la silla Chippendale entre Mrs. Hill y Mrs. Higgins, y se sienta].

PICKERING. ¿Le ha dicho Henry a qué hemos venido?

HIGGINS. [Por encima del hombro]. Nos interrumpieron, ¡maldita sea!

MRS. HIGGINS. ¡Oh Henry, Henry, de verdad!

MRS. EYNSFORD HILL. [Levantándose a medias] ¿Estamos interrumpiendo algo?

MRS. HIGGINS. [Levantándose y haciéndola sentarse de nuevo]. No, no. No podrían haber venido en mejor momento, queremos que conozcan a una amiga nuestra.

HIGGINS. [Volviéndose, esperanzado]. ¡Sí, cielos! Queremos dos o tres personas. Ustedes son tan útiles como cualesquiera otras.

La doncella de salón regresa, acompañando a Freddy.

LA DONCELLA DE SALÓN. Mr. Eynsford Hill.

HIGGINS. [Casi audiblemente, más allá de su poder de resistencia]. ¡Dios del Cielo! Otro de ellos.

FREDDY. [Estrechando la mano de Mrs. Higgins] ¿Cómo está usted?

MRS. HIGGINS. Muy amable por venir. [Presentando]. Coronel Pickering.

FREDDY. [Inclinándose]. ¿Cómo está usted?

MRS. HIGGINS. Creo que no conoce a mi hijo, Profesor Higgins.

FREDDY. [Dirigiéndose a Higgins] ¿Cómo está usted?

HIGGINS. [Mirándole como si fuera un carterista]. Juro que le he visto antes en alguna parte. ¿Dónde fue?

FREDDY. No lo creo.

HIGGINS. [Resignadamente]. No importa, de todos modos. Siéntese. Estrecha la mano de Freddy, y casi lo lanza sobre la otomana con la cara hacia las ventanas; luego se acerca al otro lado de la misma.

HIGGINS. Bueno, ¡aquí estamos, de todos modos! [Se sienta en la otomana junto a Mrs. Eynsford Hill, a su izquierda]. Y ahora, ¿de qué demonios vamos a hablar hasta que venga Eliza?

MRS. HIGGINS. Henry, eres la vida y alma de las veladas de la Royal Society pero en realidad eres bastante pesado en ocasiones más corrientes.

HIGGINS. ¿Lo soy? Lo siento mucho. [Radiante de repente]. Supongo que lo soy. [Tronando]. ¡Ja, ja!

MISS EYNSFORD HILL. [Que considera a Higgins bastante elegible matrimonialmente]. Lo comprendo. Yo no puedo mantener ninguna conversación trivial. ¡Si la gente fuera franca y dijera lo que realmente piensa!

HIGGINS. [Recayendo en la melancolía]. ¡Dios nos salve!

MRS. EYNSFORD HILL. [Siguiendo el ejemplo de su hija]. ¿Pero por qué?

HIGGINS. Lo que piensan que deberían pensar ya es bastante malo, Dios lo sabe, pero lo que realmente piensan rompería todo el show. ¿Creen que sería realmente agradable que yo dijera ahora lo que realmente pienso?

MISS EYNSFORD HILL. [Alegremente]. ¿Es tan cínico?

HIGGINS. ¡Cínico! ¿Quién demonios dijo que era cínico? Quiero decir que no sería decente.

MRS. EYNSFORD HILL. [Seriamente]. ¡Oh! Estoy segura de que no quiere decir eso, Mr. Higgins.

HIGGINS. Verá, todos somos salvajes, más o menos. Se supone que somos civilizados y cultos, que lo sabemos todo sobre poesía y filosofía y arte y ciencia, etc.; pero ¿cuántos de nosotros conocemos siquiera el significado de esas palabras? [A Mrs. Hill] ¿Qué sabe usted de poesía? [A Miss Hill] ¿Qué sabe usted de ciencia? [Indicando a

Freddy]. ¿Qué sabe él de arte o de ciencia o de cualquier otra cosa? ¿Qué diablos se imagina que sé yo de filosofía?

MRS. HIGGINS. [En tono de advertencia]. ¿O de modales, Henry?

LA DONCELLA DE SALÓN. [Abriendo la puerta]. Miss Doolittle. [Se retira].

HIGGINS. [Se levanta apresuradamente y corre hacia Mrs. Higgins]. Aquí está ella, madre. [Se pone de puntillas y hace señas por encima de la cabeza de su madre a Eliza para indicarle qué dama es su anfitriona].

Eliza, que está exquisitamente vestida, produce una impresión de tan notable distinción y belleza al entrar que todos se levantan, bastante nerviosos. Guiada por las señales de Higgins, ella se acerca a Mrs. Higgins con estudiada gracia.

LIZA. [Hablando con pedante corrección de pronunciación y gran belleza de tono]. ¿Cómo está usted, Mrs. Higgins? [Jadea ligeramente al asegurarse de la pronunciación de la H en Higgins, pero lo consigue bastante bien]. Mr. Higgins me dijo que podía venir.

MRS. HIGGINS. [Cordialmente]. Exactamente, me alegro mucho de verla.

PICKERING. ¿Cómo está usted, Miss Doolittle?

LIZA. [Estrechándole la mano]. Coronel Pickering, ¿verdad?

MRS. EYNSFORD HILL. Estoy segura de que nos hemos visto antes, Miss Doolittle. Recuerdo sus ojos.

LIZA. ¿Cómo está usted? [Se sienta graciosamente en la otomana en el lugar que acaba de dejar vacante Higgins].

MRS. EYNSFORD HILL. [Presentando]. Mi hija Clara.

LIZA. ¿Cómo está usted?

CLARA. [Impulsivamente]. ¿Cómo está usted? [Se sienta en la otomana junto a Eliza, devorándola con la mirada].

FREDDY. [Acercándose a su lado de la otomana]. Estoy seguro de que he tenido el placer.

MRS. EYNSFORD HILL. [Presentando]. Mi hijo Freddy.

LIZA. ¿Cómo está usted?

Freddy se inclina y se sienta en la silla isabelina, encaprichado con ella.

HIGGINS. [De repente]. Cielos, sí: ¡ahora recuerdo todo! [Le miran fijamente]. ¡Covent Garden! [Lamentando]. ¡Qué maldita cosa!

MRS. HIGGINS. ¡Henry, por favor! [Él está a punto de sentarse en el borde del escritorio]. No te sientes sobre mi escritorio, lo romperás.

HIGGINS. [Enfurruñado]. Lo siento.

Se dirige al diván, tropezando en su camino con el guardafuegos y sobre los hierros de la chimenea; se libra con imprecaciones dichas por lo bajo y termina su desastroso viaje arrojándose con tanta impaciencia sobre el diván que casi lo rompe. Mrs. Higgins le mira, pero se controla y no dice nada.

Se produce una larga y dolorosa pausa.

MRS. HIGGINS. [Al final, conversando]. ¿Creen que lloverá?

LIZA. Es probable que la depresión poco profunda situada al oeste de estas islas se desplace lentamente en dirección este. No hay indicios de grandes cambios en la situación barométrica.

FREDDY. ¡Ja! ¡Ja! ¡Qué gracioso!

LIZA. ¿Qué tiene de malo, joven? Seguro que lo he dicho correctamente.

FREDDY. ¡Matador!

MRS. EYNSFORD HILL. Espero que no haga frío. Hay tanta gripe por ahí. Pasa regularmente por toda nuestra familia cada primavera.

LIZA. [Sombríamente]. Mi tía murió de gripe, eso dijeron.

MRS. EYNSFORD HILL. [Chasquea la lengua con simpatía].

LIZA. [En el mismo tono trágico]. Pero creo que acabaron con la anciana.

MRS. HIGGINS. [Desconcertada]. ¿Acabaron?

LIZA. ¡Siiii, alabado sea el Señor! ¿Por qué iba a morir de gripe? Ella superó la difteria bastante bien el año anterior. La vi con mis propios ojos. Estaba bastante azul. Todos pensaron que estaba muerta, pero mi padre siguió echándole ginebra en la garganta hasta que volvió en sí tan repentinamente que mordió el cuenco de la cuchara.

MRS. EYNSFORD HILL. [Sobresaltada]. ¡Querida!

LIZA. [Echando fuego a la acusación]. ¿Qué necesidad tendría una mujer con esa fuerza en ella de morir de gripe? ¿Y qué ha sido de su nuevo sombrero de paja que debería haberme llegado? Alguien se lo quedó; y lo que yo digo es que los que se lo quedaron acabaron con ella.

MRS. EYNSFORD HILL. ¿Qué significa acabar?

HIGGINS. [Apresuradamente]. Oh, es la nueva forma de decir. Acabar con una persona significa matarla.

MRS. EYNSFORD HILL. [A Eliza, horrorizada]. ¿Seguro que no cree que mataron a su tía?

LIZA. ¿Que no? Aquellos con los que vivía la habrían matado por un alfiler de sombrero, por no hablar del sombrero.

MRS. EYNSFORD HILL. Pero no puede haber estado bien que su padre le echara licor por la garganta de esa manera. Podría haberla matado.

LIZA. No a ella. La ginebra era leche materna para ella. Además, había vertido tanto en su propia garganta que sabía lo bueno que era.

MRS. EYNSFORD HILL. ¿Quiere decir que bebía?

LIZA. ¡Bebía! ¡Vaya! Algo crónico.

MRS. EYNSFORD HILL. ¡Qué terrible para usted!

LIZA. Ni un poco. A él nunca le hizo ningún daño por lo que pude ver. Pero no lo mantuvo regularmente. [Alegremente]. Por estallidos, como se podría decir, de vez en cuando. Y estaba siempre más agradable cuando le entraba una gota. Cuando se quedaba sin trabajo, mi madre solía darle cuatro peniques y decirle que saliera y no volviera hasta que se hubiera emborrachado, y volvía alegre y cariñoso. Hay muchas mujeres que tienen que emborrachar a sus maridos para que sean aptos para vivir con ellos. [Ahora bastante confortable]. Verá, es así. Si un hombre piensa un poco, siempre piensa más cuando está sobrio, y entonces le baja el ánimo. Una gota de alcohol se lo quita y le hace feliz. [A Freddy, que está en convulsiones de risa reprimida]. ¡Ahora bien! ¿De qué se ríe?

FREDDY. La nueva charla trivial. Lo hace muy bien.

LIZA. Si lo estaba haciendo bien, ¿de qué se reía? [A Higgins]. ¿He dicho algo que no debía?

MRS. HIGGINS. [Interponiéndose]. En absoluto, Miss Doolittle.

LIZA. Bueno, eso es una bendición, de todos modos. [Explayándose]. Lo que siempre digo es...

HIGGINS. [Levantándose y mirando su reloj]. ¡Ejem!

LIZA. [Mirándole, capta la indirecta, y se levanta]. Bien, debo irme. [Todos se levantan. Freddy se dirige a la puerta]. Encantada de haberle conocido. Adiós. [Le da la mano a Mrs. Higgins].

MRS. HIGGINS. Adiós.

LIZA. Adiós, Coronel Pickering.

PICKERING. Adiós, Miss Doolittle. [Se dan la mano].

LIZA. [Asintiendo a los demás]. Adiós a todos.

FREDDY. [Abriéndole la puerta]. ¿Va a ir caminando por el parque, Miss Doolittle? Si es así...

LIZA. ¡Caminar! Ni mierda. [Sensación]. Voy en taxi. [Sale].

Pickering jadea y se sienta. Freddy sale al balcón para echar otro vistazo a Eliza.

MRS. EYNSFORD HILL. [En estado de shock]. Bueno, realmente no puedo acostumbrarme a los nuevos modales.

CLARA. [Arrojándose descontenta en la silla isabelina]. Oh, está bien, mamá, muy bien. La gente pensará que nunca vamos a ninguna parte ni vemos a nadie si eres tan anticuada.

MRS. EYNSFORD HILL. Me atrevería a decir que soy muy anticuada, pero espero que no empieces a utilizar esa expresión, Clara. Me he acostumbrado a oírte hablar de los hombres como podridos, y a llamar a todo sucio y bestial, aunque me parece horrible y poco propio de una dama. Pero esto último es realmente demasiado. ¿No le parece, Coronel Pickering?

PICKERING. No me pregunte a mí. Llevo varios años fuera, en la India, y los modales han cambiado tanto que a veces no sé si estoy en una mesa respetable o en el castillo de proa de un barco.

CLARA. Todo es cuestión de costumbre. No hay nada bueno o malo en ello. Nadie quiere decir nada con ello. Y es tan pintoresco, y da un énfasis tan inteligente a cosas que no son en sí mismas muy ingeniosas. La nueva charla trivial me parece encantadora y bastante inocente.

MRS. EYNSFORD HILL. [Levantándose]. Bueno, después de eso, creo que es hora de que nos vayamos.
Pickering y Higgins se levantan.

CLARA. [Poniéndose de pie]. Oh sí, tenemos tres visitas que hacer todavía. Adiós, Mrs. Higgins. Adiós, Coronel Pickering. Adiós, Profesor Higgins.

HIGGINS. [Acercándose apesadumbrado a ella desde el diván y acompañándola hasta la puerta]. Adiós. Asegúrese de probar esa charla trivial en las tres visitas. No se ponga nerviosa por ello. Hágalo con énfasis.

CLARA. [Sonríe]. Lo haré. Adiós. ¡Qué tontería, toda esta mojigatería de los primeros victorianos!

HIGGINS. [Tentándola]. ¡Qué maldita tontería!

CLARA. ¡Cuántas tonterías de mierda!

MRS. EYNSFORD HILL. [Convulsivamente]. ¡Clara!

CLARA. ¡Ja! ¡Ja! [Sale radiante, consciente de estar completamente a la moda y se la oye descender las escaleras en un torrente de risas brillantes].

FREDDY. [Hacia el cielo]. Bueno, te lo pido. [Se rinde y se acerca a Mrs. Higgins]. Adiós.

MRS. HIGGINS. [Estrechándole la mano]. Adiós. ¿Le gustaría volver a ver a Miss Doolittle?

FREDDY. [Ansiosamente]. Sí, me encantaría.

MRS. HIGGINS. Bueno, ya conoce los días en que recibo visitas.

FREDDY. Sí. Muchas gracias. Adiós. [Sale].

MRS. EYNSFORD HILL. Adiós, Mr. Higgins.

HIGGINS. Adiós. Adiós.

MRS. EYNSFORD HILL. [A Pickering]. Es inútil. Nunca seré capaz de atreverme a usar esa palabra.

PICKERING. No lo haga. No es obligatorio. Se las arreglará bastante bien sin ella.

MRS. EYNSFORD HILL. Sólo que Clara es tan despectiva conmigo si no apruebo la última jerga. Adiós.

PICKERING. Adiós. [Se dan la mano].

MRS. EYNSFORD HILL. [A Mrs. Higgins]. No debe preocuparse por Clara. [Pickering, captando por el tono bajo de ella que esto no es para que él lo oiga, se une discretamente a Higgins en la ventana]. ¡Somos tan pobres! ¡Y ella tiene tan pocas invitaciones, pobre muchacha! Ella no sabe que es así. [Mrs. Higgins, viendo que tiene los ojos húmedos, le coge la mano con simpatía y la acompaña hasta la puerta]. Pero el chico es simpático. ¿No le parece?

MRS. HIGGINS. Oh, muy simpático. Siempre estaré encantada de verle.

MRS. EYNSFORD HILL. Gracias, querida. Adiós. [Sale].

HIGGINS. [Ansiosamente]. ¿Y bien? ¿Es Eliza presentable? [Se abalanza sobre su madre y la arrastra hasta la otomana, donde ella se sienta en el lugar de Eliza, con su hijo en la izquierda].

Pickering vuelve a su silla a su derecha.

MRS. HIGGINS. Niño tonto, claro que no es presentable. Es un triunfo de tu arte y el de su modista; pero si supones por un momento que no se delata en cada frase que pronuncia, debes de estar perfectamente chiflado.

PICKERING. ¿Pero no cree que podría hacerse algo? Me refiero a algo para eliminar el elemento escatológico de su conversación.

MRS. HIGGINS. No mientras esté en manos de Henry.

HIGGINS. [Agraviado]. ¿Quiere decir que mi lenguaje es impropio?

MRS. HIGGINS. No, querido; sería muy apropiado, digamos, en una barcaza del canal; pero no lo sería para ella en una fiesta de jardín.

HIGGINS. [Profundamente herido]. Bueno, debo decir...

PICKERING. [Interrumpiéndole]. Vamos, Higgins: debe aprender a conocerse a sí mismo. No había oído un lenguaje como el suyo desde que pasábamos revista a los voluntarios en Hyde Park hace veinte años.

HIGGINS. [Enfurruñado]. Oh, bueno, si usted lo dice, supongo que no siempre hablo como un obispo.

MRS. HIGGINS. [Tranquilizando a Henry con un gesto]. Coronel Pickering, ¿me podría decir cuál es el estado exacto de las cosas en Wimpole Street?

PICKERING. [Alegremente, como si esto cambiara completamente de tema]. Bueno, he acabado por vivir allí con Henry. Trabajamos juntos en mis dialectos indios y creemos que es más conveniente...

MRS. HIGGINS. Así es. Lo sé todo sobre eso, es un arreglo excelente. Pero, ¿dónde vive esta muchacha?

HIGGINS. Con nosotros, por supuesto. ¿Dónde sino viviría?

MRS. HIGGINS. ¿Pero en qué términos? ¿Es una sirvienta? Si no, ¿qué es?

PICKERING. [Lentamente]. Creo que sé lo que quiere decir, Mrs. Higgins.

HIGGINS. ¡Bueno, que me cuelguen si yo lo entiendo! He tenido que trabajar en la muchacha todos los días durante meses para que llegue a su tono actual. Además, es útil. Sabe dónde están mis cosas y recuerda mis citas y demás.

MRS. HIGGINS. ¿Cómo se lleva su ama de llaves con ella?

HIGGINS. ¿Mrs. Pearce? Oh, está muy contenta de quitarse tantas cosas de encima porque, antes de que llegara Eliza, tenía que buscar cosas y recordarme mis citas. Pero ella tiene algo bajo la manga acerca de Eliza. No para de decir «Usted no piensa, señor», ¿verdad, Pick?

PICKERING. Sí, ésa es la fórmula. «Usted no piensa, señor». Ese es el final de cada conversación sobre Eliza.

HIGGINS. Como si alguna vez dejara de pensar en la muchacha y en sus confusas vocales y consonantes. Estoy agotado, pensando en ella, y observando sus labios y sus dientes y su lengua, por no hablar de su alma, que es lo más pintoresco de todo.

MRS. HIGGINS. Ciertamente son un bonito par de bebés, jugando con su muñeca viviente.

HIGGINS. ¡Jugar! El trabajo más duro que he emprendido en mi vida; no te equivoques, madre. Pero no tienes ni idea de lo espantosamente interesante que es tomar a un ser humano y convertirlo en un ser humano totalmente diferente, creándole un nuevo discurso. Es llenar el abismo más profundo que separa una clase de otra clase y un alma de otra alma.

PICKERING. [Acerca su silla a Mrs. Higgins y se inclina hacia ella con impaciencia]. Sí, es enormemente interesante. Le aseguro, Mrs. Higgins, que nos tomamos a Eliza muy en serio. Cada semana —casi cada día— hay algún cambio nuevo. [Acercándose de nuevo]. Guardamos registros de cada etapa... docenas de discos de gramófono y fotografías.

HIGGINS. [Atacándola por el otro oído]. Sí, cielos; es el experimento más absorbente que he emprendido en mi vida. Nos llena la vida cada día; ¿verdad, Pick?

PICKERING. Siempre estamos hablando a Eliza.

HIGGINS. Enseñando a Eliza.

PICKERING. Vistiendo a Eliza.

MRS. HIGGINS. ¡Qué!

HIGGINS. Inventando nuevas Elizas.

Higgins y Pickering, hablando juntos:

HIGGINS. Sabes, tiene la más extraordinaria rapidez de oído,
PICKERING. Le aseguro, mi querida Mrs. Higgins, que esa muchacha
HIGGINS. como un loro. La he probado con todos
PICKERING. es un genio. Sabe tocar el piano muy bien,
HIGGINS. los tipos de sonidos que pueda emitir un ser humano:
PICKERING. la hemos llevado a conciertos de música clásica,
HIGGINS. dialectos continentales, dialectos africanos, hotentote
PICKERING. y a salones; y a ella le da lo mismo, toca todo,
HIGGINS. clics, cosas que me costó años conseguir; y
PICKERING. capta enseguida y cuando llega a casa... ya sea
HIGGINS. los coge como un tiro, enseguida, como si lo hubiera
PICKERING. Beethoven y Brahms o Lehar y Lionel Morickton;
HIGGINS. hecho toda su vida.
PICKERING. aunque hace seis meses ni siquiera había tocado un piano...

MRS. HIGGINS. [Se pone los dedos en los oídos, ya que para entonces se están gritando unos a otros con un ruido intolerable]. ¡Sh-sh-sh-sh! [Se detienen].

PICKERING. Discúlpeme. [Echa su silla hacia atrás, disculpándose].

HIGGINS. Lo siento. Cuando Pickering empieza a gritar nadie puede articular palabra.

MRS. HIGGINS. Cállate, Henry. Coronel Pickering, ¿no se da cuenta de que cuando Eliza entró en Wimpole Street, algo entró con ella?

PICKERING. Su padre lo hizo. Pero Henry pronto se deshizo de él.

MRS. HIGGINS. Habría sido más adecuado si su madre lo hubiera hecho. Pero como su madre no lo hizo algo más lo hizo.

PICKERING. ¿Pero qué?

MRS. HIGGINS. [Inconscientemente mostrando su edad al decirlo]. Un problema.

PICKERING. Ah, ya veo. El problema de cómo hacerla pasar por una dama.

HIGGINS. Resolveré ese problema. Ya lo he resuelto a medias.

MRS. HIGGINS. No, ustedes dos —criaturas masculinas infinitamente estúpidas— el problema de qué se hará con ella después.

HIGGINS. No veo ningún problema en eso. Puede seguir su propio camino, con todas las ventajas que le he dado.

MRS. HIGGINS. ¡Las ventajas de esa pobre mujer que estaba aquí hace un momento! ¡Los modales y hábitos que descalifican a una dama de sociedad para ganarse la vida sin darle los ingresos de una dama de sociedad! ¿Es eso lo que quieres decir?

PICKERING. [Indulgente, aburrido más bien]. Oh, eso estará bien, Mrs. Higgins. [Se levanta para irse].

HIGGINS. [También poniéndose de pie]. Le encontraremos algún empleo ligero.

PICKERING. Ella es lo suficientemente feliz. No se preocupe por ella. Adiós. [Le estrecha la mano como si consolara a una niña asustada, y se dirige a la puerta].

HIGGINS. De todos modos, no sirve de nada preocuparse ahora. La cosa hecha está. Adiós, madre. [La besa y sigue a Pickering].

PICKERING. [Volviéndose para dar un último consuelo]. Hay muchas oportunidades. Haremos lo correcto. Adiós.

HIGGINS. [A Pickering, mientras salen juntos]. Llevémosla a la exposición de Shakespeare en Earls Court.

PICKERING. Sí, vamos. Sus comentarios serán deliciosos.

HIGGINS. Hará imitaciones de toda la gente cuando lleguemos a casa.

PICKERING. Estupendo. [Se oye reír a ambos mientras bajan las escaleras].

MRS. HIGGINS. [Se levanta, rebotando impaciente en el asiento, y vuelve a su trabajo en el escritorio. Aparta de su camino un montón de papeles desordenados, coge una hoja de papel de su estuche de papelería e intenta escribir con decisión. A la tercera línea abandona, tira la pluma, agarra el escritorio con rabia y exclama]. ¡¡¡Oh, los hombres!!! ¡¡¡¡Los hombres!!!!

ACTO IV

El laboratorio de Wimpole Street. Medianoche. No hay nadie en la habitación. El reloj de la repisa de la chimenea da las doce. El fuego no está encendido; es una noche de verano.

En seguida se oye a Higgins y Pickering en las escaleras.

HIGGINS. [Llamando a Pickering]. Digo, Pick: cierre la puerta con llave, ¿quiere? No volveremos a salir.

PICKERING. Bien. ¿Mrs. Pearce ya puede irse a la cama? No queremos nada más, ¿verdad?

HIGGINS. ¡Señor, no!

Eliza abre la puerta y se la ve en el rellano iluminado; está vestida con capa para la ópera, con un vestido de noche brillante y diamantes, con abanico, flores y todos los accesorios. Se acerca al hogar y enciende allí las luces eléctricas. Está cansada, su palidez contrasta con firmeza con sus ojos y cabellos oscuros, y su expresión es casi trágica. Se quita la capa, deja el abanico y las flores sobre el piano, y se sienta en el banco, pensativa y silenciosa. Higgins, en traje de etiqueta, con sobretodo y sombrero, entra, llevando un smoking que ha recogido abajo. Se quita el sombrero y el sobretodo, los tira descuidadamente en el revistero, se deshace del sobretodo de la misma manera, se pone el smoking y se echa cansado en el sillón junto a la chimenea. Pickering, igualmente ataviado, entra. También se quita el sombrero y el sobretodo, y está a punto de arrojarlos sobre los de Higgins cuando duda.

PICKERING. Eso, digo yo, Mrs. Pearce se enfadará si dejamos estas cosas tiradas en el salón.

HIGGINS. Oh, tírelos por encima de las barandillas al vestíbulo. Ella los encontrará allí por la mañana y los guardará. Pensará que estábamos borrachos.

PICKERING. Y sí... un poco. ¿Hay alguna carta?

HIGGINS. No he mirado. [Pickering coge los abrigos y los sombreros y baja las escaleras. Higgins empieza a cantar, bostezando a medias, un aire de *La Fanciulla del Dorado Oeste*. De repente se detiene y exclama]. ¡Me pregunto dónde diablos estarán mis zapatillas!

Eliza le mira sombríamente; luego sale de la habitación.

Higgins bosteza de nuevo y reanuda su canción. Pickering regresa, con el contenido del buzón en la mano.

PICKERING. Sólo circulares, y esta carta de amor para usted. [Arroja las circulares en el guardafuegos, y se coloca en la chimenea, de espaldas a la rejilla].

HIGGINS. [Echa un vistazo a la carta de amor]. Un prestamista. [Arroja la carta tras las circulares].

Eliza regresa con un par de grandes zapatillas de tacón bajo. Las coloca en la alfombra ante Higgins y se sienta como antes, sin decir palabra.

HIGGINS. [Bostezando de nuevo]. ¡Oh Señor! ¡Vaya noche! ¡Qué comitiva! ¡Qué tontería! [Levanta el zapato para desatarlo y divisa las zapatillas. Deja de desatarse el cordón y las mira como si hubieran aparecido allí por sí solas]. ¡Oh! Después de todo están ahí, ¿verdad?

PICKERING. [Estirándose]. Bueno, me siento un poco cansado. Ha sido un día muy largo. La fiesta de jardín, una cena, ¡y la ópera! Demasiado de algo bueno. Pero ha ganado su apuesta, Higgins. Eliza hizo el truco, y un poco de sobra, ¿eh?

HIGGINS. [Fervientemente]. ¡Gracias a Dios que se acabó!

Eliza se estremece violentamente, pero no le hacen caso, se recupera y se sienta pétreamente como antes.

PICKERING. ¿Estaba nervioso en la fiesta de jardín? Yo lo estaba. Eliza no parecía nerviosa.

HIGGINS. Ella no estaba nerviosa. Yo sabía que estaría bien. No, es la tensión de soportar el trabajo durante todos estos meses lo que ha hecho mella en mí. Fue bastante interesante al principio, mientras estuvimos con la fonética pero después me harté mortalmente. Si no me hubiera prometido a mí mismo hacerlo, habría desechado todo el asunto hace dos meses. Era una idea tonta: todo el asunto ha sido un aburrimiento.

PICKERING. ¡Oh, vamos! La fiesta de jardín fue espantosamente emocionante. Mi corazón empezó a latir sin darme cuenta.

HIGGINS. Sí, durante los tres primeros minutos. Pero cuando vi que íbamos a ganar sin problemas, me sentí como un oso enjaulado, sin hacer nada. La cena fue lo peor: ¡sentado, atiborrándome allí durante más de una hora, sin nadie más que una maldita tonta de una mujer de moda con la que hablar! Se lo digo, Pickering, no lo hago nunca más. No más duquesas artificiales. Todo ha sido un simple purgatorio.

PICKERING. Nunca se ha acostumbrado bien a la rutina social. [Se acerca al piano]. Yo disfruto bastante sumergiéndome en ella de vez en cuando, me hace sentir joven de nuevo. De todos modos, fue un gran éxito; un éxito inmenso. Me asusté bastante una o dos veces porque Eliza lo hacía muy bien. Verá, mucha de la verdadera gente de mundo no puede hacerlo en absoluto, son tan tontos que creen que el estilo viene por naturaleza a la gente de su posición; y por eso nunca aprenden. Siempre hay algo profesional en hacer una cosa superlativamente bien.

HIGGINS. Sí, eso es lo que me enloquece, la gente tonta no conoce sus propios asuntos tontos. [Levantándose]. Sin embargo, ya se ha acabado, y ahora por fin puedo irme a la cama sin temer el mañana. La belleza de Eliza se vuelve asesina.

PICKERING. Creo que yo también me acostaré. Aún así, ha sido una gran ocasión, un triunfo para usted. Buenas noches. [Se va].

HIGGINS. [Siguiéndole]. Buenas noches. [Por encima del hombro, en la puerta]. Apague las luces, Eliza, y dígale a Mrs. Pearce que no me haga café por la mañana: tomaré té. [Sale].

Eliza intenta controlarse y sentirse indiferente mientras se levanta y se dirige al hogar para apagar las luces. Cuando llega allí está a punto de gritar. Se sienta en la silla de Higgins y se agarra con fuerza a los brazos. Finalmente cede y se arroja furiosa al suelo enfurecida.

HIGGINS. [Con ira desesperada, fuera de escena]. ¿Qué demonios he hecho con mis zapatillas? [Aparece en la puerta].

LIZA. [Cogiendo las zapatillas y lanzándoselas una tras otra con toda su fuerza]. Ahí está su zapatilla. Y ahí. Coja sus zapatillas, ¡y que nunca tenga un día de suerte con ellas!

HIGGINS. [Asombrado] ¡Qué demonios...! [Se acerca a ella]. ¿Todo bien? Levántese. [Él tira de ella hacia arriba]. ¿Todo bien?

LIZA. [Sin aliento]. Todo bien... para *usted*. Yo he ganado la apuesta por usted, ¿verdad? Eso es suficiente para usted. Yo no importo, supongo.

HIGGINS. ¡Que *usted* ganó mi apuesta! ¡Usted! ¡Insecto presuntuoso! Yo la gané. ¿Por qué me tiró esas zapatillas?

LIZA. Porque quería partirle la cara. Me gustaría matarle, bruto egoísta. ¿Por qué no me dejó donde me sacó, en la cuneta? De gracias a Dios de que todo haya acabado, y que ahora puede volver a tirarme allí, ¿verdad? [Se crispa los dedos, frenéticamente].

HIGGINS. [Mirándola con frío asombro]. La criatura *es* nerviosa, después de todo.

LIZA. [Da un grito de furia sofocado, e instintivamente intenta clavarle las uñas en la cara].

HIGGINS. [Cogiéndole las muñecas]. ¡Ah! ¿Lo haría? Guarde las garras, gata. ¿Cómo se atreve a mostrar su mal genio conmigo? Siéntese y cállese. [La arroja bruscamente al sillón].

LIZA. [Aplastada por una fuerza y un peso superiores]. ¿Qué va a ser de mí? ¿Qué va a ser de mí?

HIGGINS. ¿Cómo diablos puedo saber qué va a ser de usted? ¿Qué importa lo que sea de usted?

LIZA. No le importa. Sé que no le importa. No le importaría si estuviera muerta. No soy nada para usted, ni siquiera como 'tas zapatillas.

HIGGINS. [Tronando]. *Esas* zapatillas.

LIZA. [Con amarga sumisión]. Esas zapatillas. No creí que cambiara nada ahora.

Una pausa. Eliza desesperada y aplastada. Higgins un poco inquieto.

HIGGINS. [En su tono más elevado]. ¿Por qué ha empezado a comportarse así? ¿Puedo preguntarle si se queja del trato que recibe aquí?

LIZA. No.

HIGGINS. ¿Alguien se ha comportado mal con usted? ¿El Coronel Pickering? ¿Mrs. Pearce? ¿Alguno de los criados?

LIZA. No.

HIGGINS. Supongo que no pretenderá que yo la he tratado mal.

LIZA. No.

HIGGINS. Me alegra oírlo. [Modera su tono]. Tal vez esté cansada después de la tensión del día. ¿Quiere una copa de champán? [Se mueve hacia la puerta].

LIZA. No. [Recordando sus modales]. Gracias.

HIGGINS. [De nuevo de buen humor]. Esto lo ha venido rumiando por algunos días. Supongo que era natural que estuviera ansiosa por la fiesta de jardín. Pero eso ya ha pasado. [Le palmea amablemente el hombro. Ella se retuerce]. No hay nada más de qué preocuparse.

LIZA. No. Nada más de lo que usted deba preocuparse. [Se levanta de repente y se aleja de él dirigiéndose al banco del piano, donde se sienta y esconde la cara]. ¡Oh, Dios! Ojalá estuviera muerta.

HIGGINS. [Mirándola con sincera sorpresa]. ¿Por qué? En nombre del cielo, ¿por qué? [Más razonable, acercándose a ella]. Escúcheme, Eliza. Toda esta irritación es puramente subjetiva.

LIZA. No lo entiendo. Soy demasiado ignorante.

HIGGINS. Es sólo imaginación. Falta de ánimo y nada más. Nadie le hace daño. No le pasa nada. Vaya a la cama como una buena muchacha y duerma la mona. Llore un poco y rece sus oraciones, eso la hará sentir cómoda.

LIZA. He oído *sus* oraciones. «¡Gracias a Dios que todo ha terminado!».

HIGGINS. [Impaciente]. Bueno, ¿no da gracias a Dios de que todo haya terminado? Ahora es libre y puede hacer lo que quiera.

LIZA. [Recomponiéndose, desesperada]. ¿Para qué soy apta? ¿Para qué me ha hecho apta? ¿Adónde voy a ir? ¿Qué voy a hacer? ¿Qué va a ser de mí?

HIGGINS. [Iluminado, pero nada impresionado]. Oh, eso es lo que le preocupa, ¿verdad? [Se mete las manos en los bolsillos y se pasea a su manera habitual, haciendo sonar el contenido de sus bolsillos, como si condescendiera con un tema trivial por pura amabilidad]. Yo en su lugar no me preocuparía por ello. Imagino que no tendrá mucha dificultad en instalarse, en un sitio u otro, aunque no me había dado cuenta de que se marchaba. [Ella le mira rápidamente, él no la mira, sino que examina la fuente con los postres sobre el piano y decide que se comerá una manzana]. Puede que se case. [Muerde un gran trozo de la manzana y lo mastica ruidosamente]. Verá, Eliza, no todos los hombres son viejos solterones empedernidos como el coronel y yo. La mayoría de los hombres son de los que se casan (¡pobres diablos!); y usted no es fea, a veces es un placer mirarla; no ahora, por supuesto, porque está llorando y tiene un aspecto tan feo como el mismo demonio; pero cuando está bien y es usted misma, es lo que yo llamaría atractiva. Es decir, para la gente con miras a casarse, usted entiende. Vaya a la cama y descanse bien, y luego levántese y mírese en el espejo; y no se sentirá tan barata.

Eliza vuelve a mirarle, muda, y no se mueve.

La mirada se le escapa; come su manzana con una expresión de felicidad ensoñadora, ya que es bastante buena.

HIGGINS. [Se le ocurre una idea genial]. Me atrevería a decir que mi madre podría encontrar algún que otro tipo que estaría muy bien...

LIZA. Estábamos por encima de eso, en la esquina de Tottenham Court Road.

HIGGINS. [Despertando del ensueño]. ¿Qué quiere decir?

LIZA. Vendía flores. No me vendía a mí misma. Ahora que ha hecho de mí una dama no sirvo para vender nada más. Ojalá me hubiera dejado donde me encontró.

HIGGINS. [Arrojando el carozo de la manzana con decisión a la rejilla]. Qué estupidez, Eliza. No insulte las relaciones humanas alargando toda esta perorata sobre comprar y vender. No necesita casarse con el tipo si no le gusta.

LIZA. ¿Qué otra cosa puedo hacer?

HIGGINS. Oh, muchas cosas. ¿Qué me dice de su vieja idea de una floristería? Pickering podría instalarla en una; tiene mucho dinero. [Riendo]. Tendrá que pagar todos esos trajes que ha llevado hoy; y eso, con el alquiler de las joyas, le hará un gran agujero en el bolsillo de doscientas libras. Vaya, hace seis meses habría pensado que tenía que pasar un milenio para poder tener una floristería propia. ¡Vamos! Estará bien. Debo irme a la cama, tengo un sueño del demonio. Por cierto, he bajado a por algo, he olvidado lo que era.

LIZA. Sus zapatillas.

HIGGINS. Oh, sí, por supuesto. Usted me las tiró. [Las recoge y va a salir cuando ella se levanta y le habla].

LIZA. Antes de que se vaya, sir...

HIGGINS. [Deja caer las zapatillas sorprendido de que le llame sir]. ¿Eh?

LIZA. ¿Mi ropa me pertenece a mí o al Coronel Pickering?

HIGGINS. [Volviendo a la habitación como si su pregunta fuera el clímax de la sinrazón]. ¿De qué demonios le servirían a Pickering?

LIZA. Puede que las quiera para la próxima muchacha que coja para experimentar con ella.

HIGGINS. [Sorprendido y dolido]. ¿Es *así* como se siente hacia nosotros?

LIZA. No quiero oír nada más sobre esto. Sólo quiero saber si algo me pertenece. Mi propia ropa fue quemada.

HIGGINS. Pero, ¿qué importa? ¿Por qué tiene que molestarse por eso en mitad de la noche?

LIZA. Quiero saber qué puedo llevarme. No quiero que me acusen de robo.

HIGGINS. [Ahora profundamente herido]. ¡Robo! No debe decir eso, Eliza. Demuestra falta de sentimientos.

LIZA. Lo siento. Sólo soy una vulgar ignorante, y en mi posición tengo que ser cuidadosa. No puede haber sentimientos entre alguien como usted y alguien como yo. Por favor, ¿me dirá qué me pertenece y qué no?

HIGGINS. [Muy enfurruñado]. Puede llevarse toda la maldita casa si quiere. Excepto las joyas. Son alquiladas. ¿Eso la satisface? [Gira sobre sus talones y está a punto de enfurecerse].

LIZA. [Bebiendo de su emoción como néctar y regañándole para provocar aún más]. Espere, por favor. [Se quita las joyas]. ¿Se las llevará a su habitación y las guardará a buen recaudo? No quiero correr el riesgo de que se pierdan.

HIGGINS. [Furioso]. Démelas. [Ella se las pone en las manos]. Si éstas me pertenecieran a mí en vez de al joyero, se las metería por su ingrata garganta. [Se las mete perfunctoriamente en los bolsillos, adornándose inconscientemente con los extremos salientes de las cadenas].

LIZA. [Quitándose un anillo]. Este anillo no es del joyero, es el que me compró en Brighton. Ahora no lo quiero. [Higgins arroja el anillo violentamente a la chimenea, y se vuelve hacia ella tan amenazadoramente que ella se agacha bajo el piano con las manos sobre la cara, y exclama]. No me pegue.

HIGGINS. ¡Pegarle! Criatura infame, ¿cómo se atreve a acusarme de tal cosa? Es usted quien me ha golpeado. Me ha herido en el corazón.

LIZA. [Emocionada por la alegría oculta]. Me alegro. De todos modos, me he recuperado un poco.

HIGGINS. [Con dignidad, en su mejor estilo profesional]. Me ha hecho perder los estribos, algo que casi nunca me había sucedido antes. Prefiero no decir nada más esta noche. Me voy a la cama.

LIZA. [Pertinaz]. Será mejor que le deje una nota a Mrs. Pearce sobre el café, porque yo no se lo diré.

HIGGINS. [Formalmente]. Maldita sea Mrs. Pearce, y maldito sea el café, y maldita sea usted, y maldita sea mi propia insensatez al haber prodigado *mi* conocimiento duramente ganado y el tesoro de mi estima e intimidad a una golfilla sin corazón. [Sale con un decoro impresionante, y lo estropea dando un portazo salvaje].

Eliza sonríe por primera vez; expresa sus sentimientos mediante una alocada pantomima en la que una imitación de la salida de Higgins se confunde con su propio triunfo; y finalmente se arrodilla en la chimenea para buscar el anillo.

El salón de Mrs. Higgins. Ella está sentada frente al escritorio como antes. Entra la criada.

LA DONCELLA DE SALÓN. [En la puerta]. Mr. Henry, señora, está abajo con el Coronel Pickering.

MRS. HIGGINS. Bueno, que entren.

LA DONCELLA DE SALÓN. Están usando el teléfono, señora. Telefoneando a la policía, creo.

MRS. HIGGINS. ¡Qué!

LA DONCELLA DE SALÓN. [Acercándose y bajando la voz]. Mr. Henry se encuentra muy nervioso, señora. Pensé que sería mejor decírselo.

MRS. HIGGINS. Si me hubiera dicho que Mr. Henry no estaba muy nervioso habría sido más sorprendente. Dígales que suban cuando hayan terminado con la policía. Supongo que habrán perdido algo.

LA DONCELLA DE SALÓN. Sí, señora. [Se va].

MRS. HIGGINS. Suba y dígale a Miss Doolittle que Mr. Henry y el Coronel están aquí. Pídale que no baje hasta que yo la mande llamar.

LA DONCELLA DE SALÓN. Sí, señora.

Higgins irrumpe. Está, como ha dicho la criada, muy nervioso.

HIGGINS. Mira, madre, ¡ha sucedido algo muy confuso!

MRS. HIGGINS. Sí, querido. Buenos días. [Él controla su impaciencia y la besa, mientras la criada sale]. ¿Qué ocurre?

HIGGINS. Eliza se ha escapado.

MRS. HIGGINS. [Continuando tranquilamente su escritura]. Debes haberla asustado.

HIGGINS. ¡Asustarla! ¡Tonterías! La dejé anoche, como de costumbre, para que apagara las luces y todo eso; y en vez de irse a la cama se cambió de ropa y se fue directamente; no durmió en su cama. Vino en taxi a por sus cosas antes de las siete de esta mañana, y esa tonta de Mrs. Pearce se las dio sin decirme una palabra al respecto. ¿Qué voy a hacer?

MRS. HIGGINS. Prescindir de ella, me temo, Henry. La muchacha tiene perfecto derecho a marcharse si lo desea.

HIGGINS. [Paseando distraídamente por la habitación]. Pero no encuentro nada. No sé qué citas tengo. Estoy... [Pickering entra. Mrs. Higgins deja la pluma y se aparta del escritorio].

PICKERING. [Estrechando la mano]. Buenos días, Mrs. Higgins. ¿Se lo ha dicho Henry? [Se sienta en la otomana].

HIGGINS. ¿Qué dice ese asno de inspector? ¿Ha ofrecido una recompensa?

MRS. HIGGINS. [Levantándose indignada]. ¿No querrás decir que has puesto a la policía tras Eliza?

HIGGINS. Por supuesto. ¿Para qué está la policía? ¿Qué otra cosa podríamos hacer? [Se sienta en la silla isabelina].

PICKERING. El inspector puso muchas dificultades. Realmente creo que sospechaba que teníamos algún propósito impropio.

MRS. HIGGINS. Pues claro que sí. ¿Qué derecho tienen a ir a la policía y dar el nombre de la muchacha como si fuera una ladrona, o un paraguas perdido, o algo así? ¡De verdad! [Vuelve a sentarse, profundamente enfadada].

HIGGINS. Pero queremos encontrarla.

PICKERING. No podemos dejarla ir así, sabe, Mrs. Higgins. ¿Qué vamos a hacer?

MRS. HIGGINS. No tienen más sentido común, ninguno de los dos, que dos niños. ¿Por qué...

La camarera entra e interrumpe la conversación.

LA DONCELLA DE SALÓN. Mr. Henry, un caballero quiere verle muy especialmente. Le han enviado desde Wimpole Street.

HIGGINS. ¡Oh, qué molestia! Ahora no puedo ver a nadie. ¿Quién es?

LA DONCELLA DE SALÓN. Un tal Mr. Doolittle, señor.

PICKERING. ¡Doolittle! ¿Se refiere al basurero?

LA DONCELLA DE SALÓN. ¡Basurero! Oh no, señor, es un caballero.

HIGGINS. [Levantándose excitado]. Cielos, Pick, es a lo de algún pariente suyo que ella se ha ido. Alguien de quien no sabemos nada. [A la doncella]. Hágale subir, rápido.

LA DONCELLA DE SALÓN. Sí, señor. [Ella se va].

HIGGINS. [Ansiosamente, yendo hacia su madre]. ¡Parientes de sociedad! Ahora oiremos algo. [Se sienta en la silla Chippendale].

MRS. HIGGINS. ¿Conoces a alguien de su familia?

PICKERING. Sólo a su padre, el tipo del que te hablamos.

LA DONCELLA DE SALÓN. [Anunciando]. Mr. Doolittle. [Se retira].

Entra Doolittle. Está brillantemente vestido con una nueva y moderna levita, con chaleco blanco y pantalones grises. Una flor en el ojal, un deslumbrante sombrero de seda y zapatos de charol completan el efecto. Está demasiado preocupado por el negocio al que ha venido como para fijarse en Mrs. Higgins. Camina directamente hacia Higgins y lo aborda con vehemente reproche.

DOOLITTLE. [Indicando su propia persona]. ¡Mire aquí! ¿Ve esto? Usted ha hecho esto.

HIGGINS. ¿Qué he hecho?

DOOLITTLE. Esto, le digo. Mírelo. Mire este sombrero. Mire este abrigo.

PICKERING. ¿Eliza le ha estado comprando ropa?

DOOLITTLE. ¡Eliza! Ella no. Ni por casualidad. ¿Por qué me compraría ropa?

MRS. HIGGINS. Buenos días, Mr. Doolittle. ¿No quiere sentarse?

DOOLITTLE. [Desconcertado al ser consciente de que se ha olvidado de su anfitriona]. Le pido perdón, señora. [Se acerca a ella y le estrecha la mano que le tiende]. Gracias. [Se sienta en la otomana, a la derecha de Pickering]. Estoy tan agobiado con lo que me ha pasado que no puedo pensar en otra cosa.

HIGGINS. ¿Qué demonios le ha pasado?

DOOLITTLE. No me importaría si sólo me hubiera pasado a mí: a cualquiera puede pasarle cualquier cosa y nadie tiene la culpa más que la Providencia, como podría decirse. Pero esto es algo que me ha hecho usted; sí, usted, Henry Higgins.

HIGGINS. ¿Ha encontrado a Eliza? De eso se trata.

DOOLITTLE. ¿La ha perdido?

HIGGINS. Sí.

DOOLITTLE. Tiene toda la suerte del mundo. No la he encontrado; pero me encontrará muy rápido ahora, después de lo que me ha hecho.

MRS. HIGGINS. ¿Pero qué le ha hecho mi hijo, Mr. Doolittle?

DOOLITTLE. ¡Lo que me ha hecho! Me arruinó. Ha destruido mi felicidad. Me ató y me entregó en manos de la moral de la clase media.

HIGGINS. [Levantándose intolerante y colocándose cerca de Doolittle]. Está delirando. Está borracho. Está loco. Le di cinco libras. Después de eso tuve dos conversaciones con usted, a media corona la hora. No le he vuelto a ver desde entonces.

DOOLITTLE. ¡Oh! ¡Borracho! ¿Lo estoy? ¡Loco! ¿Lo estoy? Dígame una cosa. ¿Escribió o no una carta a un vejestorio en América que estaba dando cinco millones para fundar Sociedades de Reforma Moral por todo el mundo, y que quería que usted inventara un lenguaje universal para él?

HIGGINS. ¡Qué! ¡Ezra D. Wannafeller! Está muerto. [Se sienta de nuevo descuidadamente].

DOOLITTLE. Sí, está muerto, y yo estoy acabado. Ahora bien, ¿usted le escribió o no una carta para decirle que el moralista más original que hay actualmente en Inglaterra, según su leal saber y entender, es Alfred Doolittle, un vulgar basurero.

HIGGINS. Oh, después de su última visita recuerdo haber hecho alguna broma tonta de ese tipo.

DOOLITTLE. ¡Ah! Bien puede llamarlo una broma tonta. Me puso los pelos de punta. Sólo le dio la oportunidad que quería para demostrar que los americanos no son como nosotros, que reconocen y respetan el mérito en cualquier clase de vida, por humilde que sea. Esas palabras están en su maldito testamento, en el que, Henry Higgins, gracias a su tonta broma, me deja una participación en su Fideicomiso de Queso Predigerido por valor de tres mil al año con la condición de que yo dé conferencias para su Liga Mundial de la Reforma Moral Wannafeller tanto como me lo pidan, hasta seis veces al año.

HIGGINS. ¡Al diablo con él! ¡Uf! [Dándose de cuenta repentinamente]. ¡Qué divertido!

PICKERING. Algo seguro para usted, Doolittle. No se lo pedirán dos veces.

DOOLITTLE. No son las conferencias lo que me molesta. Puedo darles un sermón y no se me moverá un pelo. Es hacer de mí un caballero a lo que me opongo. ¿Quién le pidió que hiciera de mí un caballero? Yo era feliz. Yo era libre. Pedí dinero a casi todo el mundo cuando lo quise, igual que se lo pedí a usted, Henry Higgins. Ahora estoy preocupado; atado de pies y manos, y todo el mundo me pide dinero. Es algo bueno para usted, dice mi abogado. ¿Lo es? digo yo. Querrá decir que es algo bueno para usted, le digo yo. Cuando yo era pobre y tenía un abogado, una vez que encontraron un cochecito de niño en el carro de basurero, me sacó de allí y me hizo callar tan rápido como pudo. Lo mismo con los médicos: solían echarme del hospital antes de que apenas pudiera sostenerme sobre mis piernas, y nada que pagar. Ahora descubren que no soy un hombre sano y que no puedo vivir a menos que me atiendan dos veces al día. En casa no me dejan ni mover la mano por mí mismo: tiene que hacerlo otro y pedirme dinero por ello. Hace un año no tenía ni un pariente en el mundo, salvo dos o tres que no me hablaban. Ahora tengo cincuenta, y ni una semana de sueldo decente entre todos ellos. Tengo que vivir para los demás y no para mí: ésa es la moral de la clase media. Usted habla de perder a Eliza. No se angustie, apuesto a que ya está en mi puerta; ella que podría mantenerse fácilmente vendiendo flores si yo no fuera respetable. Y el próximo en pedirme dinero será usted, Henry Higgins. Tendré que aprender de usted a hablar el lenguaje de la clase media, en lugar de hablar un inglés correcto. Ahí es donde entrará usted; y me atrevo a decir que es a causa de eso que ha hecho esto.

MRS. HIGGINS. Pero, mi querido Mr. Doolittle, no necesita sufrir todo esto si realmente lo dice en serio. Nadie puede obligarle a aceptar ese legado. Puede repudiarlo. ¿No es así, Coronel Pickering?

PICKERING. Así lo creo.

DOOLITTLE. [Suavizando sus modales en deferencia a su sexo]. Eso es lo trágico, señora. Es fácil decir que lo deje, pero no tengo el valor. ¿Quién de nosotros lo tiene? Todos estamos intimidados. Intimidados, señora, así estamos. ¿Qué hay para mí si lo dejo sino el asilo en mi vejez? Ya tengo que teñirme el pelo para conservar mi trabajo de basurero. Si fuera uno de los pobres que lo merecen y hubiera ganado algo, podría dejarlo, pero entonces, ¿por qué debería hacerlo? Porque los pobres que lo merecen bien podrían ser millonarios por toda la felicidad que tienen. Ellos no saben lo que es la felicidad. Pero yo, como uno de los pobres no merecedores, no tengo nada entre mí y el uniforme de indigente salvo estas malditas tres mil libras al año que me empujan a la clase media. (Disculpe la expresión, señora, usted misma la usaría si estuviera provocado, como lo estoy yo). Le tienen a uno por todas partes: hay que elegir entre el Skilly del asilo y el Char Bydis de la clase media; y yo no tengo valor para el asilo. Intimidado, así es como me siento. Quebrado. Comprado. Hombres más felices que yo pedirán mi basura, y me pedirán su propina; y yo los miraré indefenso, y los envidiaré. Y a eso me ha llevado su hijo. [Le invade la emoción].

MRS. HIGGINS. Me alegro mucho de que no vaya a hacer ninguna tontería, Mr. Doolittle. Porque esto resuelve el problema del futuro de Eliza. Ahora puede mantenerla.

DOOLITTLE. [Con melancólica resignación]. Sí, señora; ahora se espera de mí que mantenga a todos, con tres mil libras al año.

HIGGINS. [Saltando]. ¡Tonterías! Él no tiene que mantenerla. No puede mantenerla. Ella no le pertenece. Le pagué cinco libras por ella. Doolittle, o usted es un hombre honesto o un granuja.

DOOLITTLE. [Con tolerancia]. Un poco de ambos, Henry, como el resto de nosotros, un poco de ambos.

HIGGINS. Bueno, usted tomó ese dinero por la muchacha, y no tiene derecho a tomarla a ella también.

MRS. HIGGINS. Henry, no seas absurdo. Si de verdad quieres saber dónde está Eliza, está arriba.

HIGGINS. [Asombrado]. ¡¡¡Arriba!!! Entonces no tardaré en traerla abajo. [Se dirige resueltamente hacia la puerta].

MRS. HIGGINS. [Levantándose y siguiéndole]. Quédate quieto, Henry. Siéntate.

HIGGINS. Yo...

MRS. HIGGINS. Siéntate, querido, y escúchame.

HIGGINS. Oh, muy bien, muy bien, muy bien. [Se echa sin gracia sobre la otomana, con la cara hacia las ventanas]. Pero creo que podrías haberme dicho esto hace media hora.

MRS. HIGGINS. Eliza vino a verme esta mañana. Pasó la noche en parte caminando furiosa, en parte intentando arrojarse al río y teniendo miedo de hacerlo, y en parte en el Hotel Carlton. Me habló de la forma brutal en que ustedes dos la trataron.

HIGGINS. [Saltando de nuevo]. ¡Qué!

PICKERING. [Levantándose también]. Mi querida Mrs. Higgins, le ha estado contando historias. No la tratamos brutalmente. Apenas le dirijimos la palabra y nos separamos en términos particularmente buenos. [Volviéndose hacia Higgins]. Higgins, ¿la acosó después de que me fuera a la cama?

HIGGINS. Todo lo contrario. Me tiró las zapatillas a la cara. Se comportó de la manera más escandalosa. Nunca le hice la más mínima provocación. Me tiró las zapatillas a la cara en cuanto entré en la habitación, antes de que yo hubiera pronunciado una palabra. Y utilizó un lenguaje perfectamente horrible.

PICKERING. [Asombrado]. ¿Pero por qué? ¿Qué le hemos hecho?

MRS. HIGGINS. Creo que sé bastante bien lo que han hecho. La muchacha es bastante cariñosa por naturaleza, creo. ¿No lo es, Mr. Doolittle?

DOOLITTLE. Muy tierna de corazón, señora. Sale a mí.

MRS. HIGGINS. Así es. Se había encariñado con ustedes dos. Trabajó muy duro por ti, Henry. No creo que te des cuenta de lo que significa para una muchacha así lo que sea que tenga como naturaleza el trabajo cerebral. Bueno, parece que cuando llegó el gran día de la prueba, y ella hizo esta cosa maravillosa por ti sin cometer ni un solo error, ustedes dos se sentaron allí y no le dijeron ni una palabra, sino que hablaron entre ustedes de lo contentos que estaban de que todo hubiera terminado y de cómo se habían aburrido con todo el asunto. ¡Y luego te sorprendiste porque ella te tiró las zapatillas! Yo te habría tirado los hierros del fuego.

HIGGINS. No dijimos nada excepto que estábamos cansados y queríamos irnos a la cama. ¿No es así, Pick?

PICKERING. [Encogiéndose de hombros]. Eso fue todo.

MRS. HIGGINS. [Irónicamente] ¿Está bien seguro?

PICKERING. Absolutamente. Realmente, eso fue todo.

MRS. HIGGINS. No le dio las gracias, ni le dio una palmada, ni la admiró, ni le dijo lo espléndida que había estado.

HIGGINS. [Impaciente]. Pero ella sabía todo eso. No le djimos un discurso, si a eso te refieres.

PICKERING. [Con cargo de conciencia]. Quizá fuimos un poco desconsiderados. ¿Está muy enfadada?

MRS. HIGGINS. [Volviendo a su lugar en el escritorio]. Bueno, me temo que no volverá a Wimpole Street, sobre todo ahora que Mr. Doolittle puede mantener el puesto que tú le has impuesto, pero dice que está muy dispuesta a reunirse con ustedes en términos amistosos y dejar el pasado en el pasado.

HIGGINS. [Furioso]. ¿Es así, cielos? ¡Oh!

MRS. HIGGINS. Si prometes portarte bien, Henry, le pediré que baje. Si no, vete a casa; porque ya me has robado bastante tiempo.

HIGGINS. Muy bien. Muy bien. Pick, pórtese bien. Pongamos nuestros mejores modales de domingo para esta criatura que hemos recogido del barro. [Se arroja enfurruñado en la silla isabelina].

DOOLITTLE. [Protestando]. ¡Ya, ya, Henry Higgins! Tenga alguna consideración por mis sentimientos de hombre de clase media.

MRS. HIGGINS. Recuerda tu promesa, Henry. [Pulsa el botón del timbre del escritorio]. Mr. Doolittle: ¿sería tan amable de salir un momento al balcón? No quiero que Eliza sufra el impacto de sus noticias hasta que se haya reconciliado con estos dos caballeros. ¿Le importaría?

DOOLITTLE. Como desee, señora. Cualquier cosa que ayude a Henry a alejarla de mis manos. [Se va por la puerta-ventana].

La doncella de salón contesta al timbre. Pickering se sienta en el lugar de Doolittle.

MRS. HIGGINS. Pídale a Miss Doolittle que baje, por favor.

LA DONCELLA DE SALÓN. Sí, señora. [Sale].

MRS. HIGGINS. Ahora, Henry, pórtate bien.

HIGGINS. Me estoy comportando perfectamente.

PICKERING. Hace lo que puede, Mrs. Higgins.

Una pausa. Higgins echa la cabeza hacia atrás, estira las piernas y empieza a silbar.

MRS. HIGGINS. Henry, querido, no te ves nada bien en esa actitud.

HIGGINS. [Recomponiéndose]. No intentaba quedar bien, madre.

MRS. HIGGINS. No importa, querido. Sólo quería hacerte hablar.

HIGGINS. ¿Por qué?

MRS. HIGGINS. Porque no se puede hablar y silbar al mismo tiempo.
Higgins gime. Otra pausa muy tensa.

HIGGINS. [Levantándose, impaciente]. ¿Dónde diablos está esa muchacha? ¿Vamos a esperar aquí todo el día?

Eliza entra, floreciente, dueña de sí misma y dando una muestra asombrosamente convincente de desenvoltura. Lleva una pequeña cesta de trabajo y está muy a gusto. Pickering está demasiado desconcertado como para levantarse.

LIZA. ¿Cómo está usted, Profesor Higgins? ¿Se encuentra bastante bien?

HIGGINS. [Ahogándose]. ¿Si estoy...? [No puede decir más].

LIZA. Por supuesto que sí, usted nunca está enfermo. Me alegro de volver a verle, Coronel Pickering. [Se levanta apresuradamente, y se dan la mano]. Hace bastante frío esta mañana, ¿verdad? [Ella se sienta a su izquierda. Él se sienta a su lado].

HIGGINS. No se atreva a intentar este juego conmigo. Yo se lo enseñé, y usted no me acepta. Póngase de pie y vuelve a casa, y no sea tonta.

Eliza coge una tela de su cesta y se pone a coserla, sin reparar en lo más mínimo este arrebato.

MRS. HIGGINS. Muy bien dicho, en efecto, Henry. Ninguna mujer podría resistirse a una invitación así.

HIGGINS. Déjala en paz, madre. Déjala que hable por sí misma. Verás muy pronto si tiene una idea que yo no le haya metido en la cabeza o una palabra que yo no haya puesto en su boca. Te digo que he creado esta cosa a partir de las hojas de col aplastadas de Covent Garden; y ahora ella pretende jugar a la dama fina conmigo.

MRS. HIGGINS. [Plácidamente]. Sí, querido, pero te sentarás, ¿verdad?
Higgins se sienta de nuevo, salvajemente.

LIZA. [A Pickering, sin hacer caso aparente de Higgins, y trabajando con destreza]. ¿Me dejará de lado ahora que el experimento ha terminado, Coronel Pickering?

PICKERING. Oh, no. No debe pensar en ello como si fuera un experimento. Me choca, de alguna manera.

LIZA. Oh, sólo soy una hoja de col aplastada...

PICKERING. [Impulsivamente] No.

LIZA. [Continúa en voz baja]. ...pero le debo tanto que me sentiría muy desgraciada si lo olvidara.

PICKERING. Es muy amable por su parte decirlo, Miss Doolittle.

LIZA. No es porque haya pagado por mis vestidos. Sé que usted es generoso con todos con su dinero. Pero fue de usted de quien aprendí modales realmente agradables; y eso es lo que hace de una una dama, ¿no? Ya ve que fue muy difícil para mí con el ejemplo del Profesor Higgins siempre ante mí. Me educaron para ser igual que él, incapaz de controlarme y usando malas palabras a la menor provocación. Y nunca habría sabido que las damas y los caballeros no se comportaban así si usted no hubiera estado allí.

HIGGINS. ¡¡Bueno!!

PICKERING. Oh, esa es sólo su manera, ya sabe. Él no lo dice en serio.

LIZA. Oh, yo tampoco lo decía en serio cuando era florista. Es sólo que esa era mi manera. Pero ya ve que logré hacerlo, y eso es lo que marca la diferencia después de todo.

PICKERING. Sin duda. Aún así, él le enseñó a hablar; y yo no podría haberlo hecho, ¿sabe?

LIZA. [Trivialmente]. Por supuesto; ésa es su profesión.

HIGGINS. ¡Maldición!

LIZA. [Continúa]. Era como aprender a bailar a la moda, no había nada más que eso en ello. Pero, ¿sabe qué fue lo que inició mi verdadera educación?

PICKERING. ¿Qué?

LIZA. [Detiene su trabajo un momento]. Que usted me llamara Miss Doolittle aquel día cuando llegué por primera vez a Wimpole Street. Ese fue el comienzo del amor propio en mí. [Reanuda su costura]. Y había cientos de pequeñas cosas en las que usted nunca se fijaba, porque le salían de forma natural. Cosas como ponerse de pie y quitarse el sombrero y abrir puertas...

PICKERING. Oh, eso no fue nada.

LIZA. Sí, cosas que demostraban que usted pensaba y sentía por mí como si yo fuera algo mejor que una criada; aunque por supuesto sé que habría sido igual con una criada si la hubieran dejado entrar en el salón. Usted nunca se quitaba las botas en la sala de estar cuando yo estaba allí.

PICKERING. No debe importarle. Higgins se quita las botas en todas partes.

LIZA. Lo sé. No le estoy culpando. Es su forma de ser, ¿no? Pero para mí fue muy importante que no lo hiciera. Verá, en realidad, aparte de las cosas que cualquiera puede captar (la forma de vestir y de hablar, etc.), la diferencia entre una dama y una florista no es cómo se comporta, sino cómo se la trata. Siempre seré una florista para el Profesor Higgins, porque él siempre me trata como a una florista, y siempre lo hará; pero sé que puedo ser una dama para usted, porque usted siempre me trata como a una dama, y siempre lo hará.

MRS. HIGGINS. Por favor, no rechines los dientes, Henry.

PICKERING. Es muy amable por su parte, Miss Doolittle.

LIZA. Me gustaría que me llamara Eliza, ahora, si quiere.

PICKERING. Gracias. Eliza, por supuesto.

LIZA. Y me gustaría que el Profesor Higgins me llamara Miss Doolittle.

HIGGINS. Antes que la condenen.

MRS. HIGGINS. ¡Henry! ¡Henry!

PICKERING. [Riendo]. ¿Por qué no le contesta con lenguaje vulgar? No lo soporta. Le haría mucho bien.

LIZA. No puedo. Pude hacerlo antes, pero ahora no puedo volver a ello. Anoche, cuando deambulaba por ahí, una muchacha me habló, e intenté volver a hablar como lo hacía con ella, pero fue inútil. Usted me dijo, ¿sabe?, que cuando un niño es llevado a un país extranjero, adopta el idioma en pocas semanas y olvida el suyo. Pues bien, yo soy una niña en su país. He olvidado mi propio idioma y no puedo hablar nada más que el suyo. Esa es la verdadera ruptura con la esquina de Tottenham Court Road. Haber estado en Wimpole Street lo terminó.

PICKERING. [Muy alarmado]. ¡Oh! Pero va a volver a Wimpole Street, ¿verdad? ¿Perdonará a Higgins?

HIGGINS. [Levantándose]. ¡Perdonar! ¿Lo hará, cielos? Déjela ir. Déjela que averigüe cómo puede salir adelante sin nosotros. Ella recaerá en la cuneta en tres semanas sin mí junto a ella.

Doolittle aparece en la puerta-ventana central. Con una mirada de digno reproche a Higgins, se acerca lenta y silenciosamente a su hija, que, de espaldas a la ventana, es inconsciente que él se aproxima.

PICKERING. Es incorregible, Eliza. No recaerá, ¿verdad?

LIZA. No. Ya no. Nunca más. He aprendido la lección. No creo que pudiera pronunciar ninguno de esos viejos sonidos aún si lo intentara. [Doolittle la toca en el hombro izquierdo. Ella deja caer su trabajo, perdiendo totalmente la compostura ante el espectáculo del esplendor de su padre] ¡A-a-a-a-ah-oh-ooh!

HIGGINS. [Con un cacareo de triunfo]. ¡Ajá! Justo así. ¡A-a-a-ahohooh! ¡A-a-a-ahohooh! ¡A-a-a-ahohooh! ¡Victoria! ¡Victoria! [Se arroja sobre el diván, cruzándose de brazos y abriendo sus piernas arrogantemente].

DOOLITTLE. ¿Puede culpar a la muchacha? No me mires así, Eliza. No es culpa mía. Me he hecho con dinero.

LIZA. Esta vez has pedido dinero a un millonario, papá.

DOOLITTLE. Así es. Pero hoy voy vestido de forma especial. Voy a St. George, en Hanover Square. Tu madrastra se va a casar conmigo.

LIZA. [Enfadada]. ¡Vas a dejarte abatir y casarte con esa mujer vulgar!

PICKERING. [En voz baja]. Debía hacerlo, Eliza. [A Doolittle]. ¿Por qué ha cambiado de opinión?

DOOLITTLE. [Tristemente]. Intimidado, Gobernador. Intimidado. La moralidad de la clase media se cobra su víctima. ¿No te pones un sombrero, Liza, y vienes a verme en mi ocaso?

LIZA. Si el Coronel dice que debo hacerlo, me rebajaré a hacerlo [casi sollozando]. Y seré insultada por mis penas, como si no fuera suficiente.

DOOLITTLE. No temas, ahora ella ya no habla con nadie, ¡pobre mujer! La respetabilidad le ha quitado todo el espíritu.

PICKERING. [Apretando suavemente el codo de Eliza]. Sea amable con ellos, Eliza. Haga lo mejor que pueda.

LIZA. [Forzando una pequeña sonrisa para él a través de su enfado]. Oh bien, sólo para demostrar que no hay malos sentimientos. Volveré en un momento. [Sale].

DOOLITTLE. [Sentándose junto a Pickering]. Me siento muy nervioso por la ceremonia, Coronel. Desearía que viniera a acompañarme durante la misma.

PICKERING. Pero usted ya ha pasado por eso antes. Estuvo casado con la madre de Eliza.

DOOLITTLE. ¿Quién le ha dicho eso, Coronel?

PICKERING. Bueno, nadie me lo dijo. Pero concluí que naturalmente...

DOOLITTLE. No, esa no es la manera natural, Coronel, es sólo la manera de la clase media. Mi manera siempre fue la de aquéllos que no merecían. Pero no le diga nada a Eliza. Ella no lo sabe, yo siempre tuve la delicadeza de evitar decírselo.

PICKERING. Muy bien. Lo dejaremos así, si no le importa.

DOOLITTLE. ¿Vendrá a la iglesia, Coronel, y me impulasará a hacerlo?

PICKERING. Con mucho gusto. Tanto como puede un soltero.

MRS. HIGGINS. ¿Puedo ir, Mr. Doolittle? Lamentaría mucho perderme su boda.

DOOLITTLE. Me sentiría muy honrado por su condescendencia, señora; y mi pobre y vieja mujer lo tomaría como un tremendo cumplido. Ha estado muy decaída, pensando en los días felices que pasaron.

MRS. HIGGINS. [Se pone de pie]. Pediré el carruaje y me prepararé. [Los hombres se ponen de pie, excepto Higgins]. No tardaré más de quince minutos. [Mientras va hacia la puerta entra Eliza, con sombrero y abrochándose los guantes]. Voy a la iglesia a ver a su padre casándose, Eliza. Será mejor que venga en el carruaje conmigo. El Coronel Pickering puede seguirnos con el prometido.

Mrs. Higgins sale. Eliza se acerca al centro de la habitación, entre la puerta-ventana central y la otomana. Pickering se une a ella.

DOOLITTLE. ¡Prometido! ¡Qué palabra! Hace que un hombre se dé cuenta de su posición, de alguna manera. [Coge su sombrero y se dirige hacia la puerta].

PICKERING. Antes de irme, Eliza, perdónele y vuelva con nosotros.

LIZA. No creo que papá me lo permitiera. ¿Lo harías tú, papá?

DOOLITTLE. [Triste pero magnánimo]. Te la jugaron muy astutamente, Eliza, esos dos deportistas. Si hubiera sido sólo uno de ellos, podrías haberle dejado clavado. Pero ya ves, eran dos; y uno de ellos impulsó al otro, como se podría decir. [A Pickering]. Fue astuto de su parte, Coronel pero no le guardo rencor; yo habría hecho lo mismo. He sido víctima de una mujer tras otra toda mi vida, y no les guardo rencor a ustedes dos por sacar lo mejor de Eliza. No interferiré. Es hora de que nos vayamos, Coronel. Adiós, Henry. Nos vemos en St. George, Eliza. [Sale].

PICKERING. [Persuadiendo]. Quédese con nosotros, Eliza. [Sigue a Doolittle].

Eliza sale al balcón para evitar quedarse a solas con Higgins. Él se levanta y se une a ella allí. Ella vuelve inmediatamente a la habitación y se dirige a la puerta, pero él recorre el balcón rápidamente y se pone de espaldas a la puerta antes de que ella llegue.

HIGGINS. Bueno, Eliza, usted ha vuelto a ser usted misma por un momento, como usted dice. ¿Ya ha tenido bastante? ¿Va a ser razonable? ¿O quiere más?

LIZA. Usted quiere que yo vuelva sólo para recoger sus zapatillas y aguantar sus iras y traer y llevar cosas por usted.

HIGGINS. No he dicho en absoluto que yo quiera que usted vuelva.

LIZA. Desde luego. Entonces, ¿de qué estamos hablando?

HIGGINS. Sobre usted, no sobre mí. Si vuelve, yo la trataré como siempre la he tratado. No puedo cambiar mi naturaleza, y no tengo intención de cambiar mis modales. Mis modales son exactamente los mismos que los del Coronel Pickering.

LIZA. Eso no es verdad. Él trata a una florista como si fuera una duquesa.

HIGGINS. Y yo trato a una duquesa como si fuera una florista.

LIZA. Ya veo. [Se da la vuelta serenamente y se sienta en la otomana, de cara a la ventana]. Lo mismo para todos.

HIGGINS. Así es.

LIZA. Como mi padre.

HIGGINS. [Sonriendo, un poco desanimado]. Sin aceptar la comparación en todos los puntos, Eliza, es muy cierto que su padre no es un esnob, y que se sentirá muy a gusto en cualquier estación de la vida a la que su excéntrico destino le llame. [Seriamente]. El gran secreto, Eliza, no es tener malos modales o buenos modales o cualquier otro tipo particular de modales, sino tener los mismos modales para todas las almas humanas; en resumen, comportarse como si estuviera en el Cielo, donde no hay vagones de tercera clase, y un alma es tan buena como cualquier otra.

LIZA. Amén. Usted es un predicador nato.

HIGGINS. [Irritado]. La cuestión no es si la trato con rudeza, sino si alguna vez me ha oído tratar mejor a otra persona.

LIZA. [Con repentina sinceridad]. No me importa cómo me trate. No me importa que me insulte. No me importa un ojo morado; ya he tenido uno antes de esto. Pero [poniéndose de pie y enfrentándose a él] no dejaré que me pase por encima.

HIGGINS. Entonces apártese de mi camino; porque no me detendré por usted. Habla de mí como si fuera un autobús.

LIZA. Así es, usted es un autobús: todo rebote y continuar la marcha, y ninguna consideración por nadie. Pero puedo prescindir de usted; no crea que no puedo.

HIGGINS. Sé que puede. Yo le dije que podía.

LIZA. [Herida, alejándose de él hacia el otro lado de la otomana con la cara hacia el hogar]. Sé que lo hizo, bruto. Quería librarse de mí.

HIGGINS. Mentirosa.

LIZA. Gracias. [Se sienta con dignidad].

HIGGINS. Nunca se ha preguntado, supongo, si yo podría prescindir de *usted*.

LIZA. [Seriamente]. No intente eludirme. *Tendrá* que arreglárselas sin mí.

HIGGINS. [Arrogante]. Puedo arreglármelas sin nadie. Tengo mi propia alma; mi propia chispa de fuego divino. Pero [con repentina humildad] la echaré de menos, Eliza. [Se sienta cerca de ella en la otomana]. He aprendido algo de sus nociones idiotas; lo confieso humilde y agradecidamente. Y me he acostumbrado a su voz y a su aspecto. Más bien me gustan.

LIZA. Bueno, tiene a ambos en su gramófono y en su libro de fotografías. Cuando se sienta solo sin mí, puede encender la máquina. No tiene que herir sentimientos al hacerlo.

HIGGINS. No puedo encender su alma. Déjeme esos sentimientos y puede quitarme la voz y la cara. Ellas no son usted.

LIZA. Oh, usted *es* un demonio. Puede retorcerle el corazón a una muchacha tan fácilmente como algún otro podría retorcerle los brazos a otra para hacerle daño. Mrs. Pearce me lo advirtió. Una y otra vez ella ha querido dejarle, y usted siempre le ha hecho cambiar de opinión en el último momento. Y no se preocupa ni un poco por ella. Y yo no le importo ni un poco.

HIGGINS. Me preocupo por la vida, por la humanidad; y usted es una parte de ella que ha llegado a mi camino y se ha incorporado a mi casa. ¿Qué más puede pedir usted o cualquiera?

LIZA. No me preocuparé por nadie que no se preocupe por mí.

HIGGINS. Principios comerciales, Eliza. Como [reproduciendo su pronunciación de Covent Garden con exactitud profesional] vender violetas, ¿no?

LIZA. No se burle de mí. Es mezquino burlarse de mí.

HIGGINS. Nunca me he burlado en mi vida. La burla no se hace ni con el rostro ni con el alma humana. Estoy expresando mi justo desprecio por el comercialismo. No comercio ni comerciaré con el afecto. Me llama bruto porque no pudo comprar un derecho sobre mí buscando mis zapatillas y encontrando mis gafas. Fue una tonta: creo que una mujer buscando las zapatillas de un hombre es un espectáculo repugnante: ¿alguna vez le he buscado yo a usted *sus* zapatillas? Pienso mucho más sobre usted por tirármelas a la cara. No sirve de nada trabajar como una esclava para mí y luego decir que quiere que la cuiden: ¿quién cuida a una esclava? Si vuelve, vuelva por el bien de la buena camaradería; porque no conseguirá otra cosa. Ha sacado de mí mil veces más de lo que yo he sacado de usted, y si se atreve a oponer sus trucos de perrita de buscar y llevar zapatillas a mi creación de la Duquesa Elisa, le daré con la puerta en las narices, tonta.

LIZA. ¿Por qué lo ha hecho si no le importo?

HIGGINS. [Cordialmente]. ¿Por qué? Porque era mi trabajo.

LIZA. Nunca pensó en los problemas que me causaría.

HIGGINS. ¿Se habría hecho el mundo si su creador hubiera tenido miedo de crear problemas? Hacer vida significa crear problemas. Sólo hay una forma de escapar de los problemas, y es matando cosas. Los cobardes, se da cuenta usted, siempre están chillando para que maten a la gente problemática.

LIZA. No soy una predicadora, no me fijo en esas cosas. Me fijo en que usted no se fija en mí.

HIGGINS. [Saltando y dando vueltas intolerantemente]. Eliza: usted es una idiota. Desperdicio los tesoros de mi mente miltónica exponiéndolos ante usted. De una vez por todas, entienda que sigo mi camino y hago mi trabajo sin importarme dos peniques lo que nos pase a cualquiera de los dos. No me siento intimidado, como su padre y su madrastra. Así que puede volver o irse al diablo, lo que le plazca.

LIZA. ¿Para qué voy a volver?

HIGGINS. [Se sube de rodillas a la otomana y se inclina hacia ella]. Por diversión. Por eso la acepté.

LIZA. [Con la cara desencajada]. ¿Y puede echarme mañana si no hago todo lo que usted quiere?

HIGGINS. Sí, y puede irse mañana si no hago todo lo que *usted* quiere.

LIZA. ¿Y vivir con mi madrastra?

HIGGINS. Sí, o vender flores.

LIZA. ¡Oh! ¡Si *pudiera* volver a mi cesta de flores! ¡Sería independiente tanto de usted como de mi padre y de todo el mundo! ¿Por qué me quitó mi independencia? ¿Por qué renuncié a ella? Ahora soy una esclava, a pesar de mis ropas finas.

HIGGINS. Ni un poco. La adoptaré como mi hija y le pagaré dinero si quiere. ¿O prefiere casarse con Pickering?

LIZA. [Mirándole ferozmente]. No me casaría con *usted* aunque me lo pidiera; y usted está más cerca de mi edad que la que está él.

HIGGINS. [suavemente] De lo que lo está él, no «de la que está él».

LIZA. [Pierde los estribos y se levanta]. Hablaré como quiera. Usted no es mi profesor ahora.

HIGGINS. [Reflexivamente]. No creo que Pickering lo hiciera, sin embargo. Es un viejo solterón tan confirmado como yo.

LIZA. Eso no es lo que quiero, y ni lo piense. Siempre he tenido bastantes muchachos que me quieren. Freddy Hill me escribe dos o tres veces al día, hojas enteras.

HIGGINS. [Desagradablemente sorprendido]. ¡Maldita sea su insolencia! [Retrocede y se encuentra sentado sobre sus talones].

LIZA. Tiene derecho a hacerlo si quiere, pobre muchacho. Y sí que me quiere.

HIGGINS. [Bajándose de la otomana]. Usted no tiene derecho a incitarlo.

LIZA. Toda muchacha tiene derecho a ser amada.

HIGGINS. ¿Qué? ¿Por tontos como esos?

LIZA. Freddy no es tonto. Y si es débil y pobre y me quiere, puede que me haga más feliz que mis superiores que me intimidan y no me quieren.

HIGGINS. ¿Puede *hacer* él algo de usted? Ésa es la cuestión.

LIZA. Quizá yo podría hacer algo de él. Pero nunca pensé en que pudiéramos hacer algo el uno del otro; y usted nunca piensa en otra cosa. Sólo quiero ser natural.

HIGGINS. En resumen, ¿quiere que me encapriche de usted tanto como Freddy? ¿Es eso?

LIZA. No, no quiero eso. Ese no es el tipo de sentimiento que quiero de usted. Y no esté demasiado seguro de sí mismo ni de mí. Podría haber sido una muchacha mala si hubiera querido. He visto más de algunas cosas que usted, a pesar de todo lo que usted aprendió. Las muchachas como yo pueden arrastrar a los caballeros para hacerles el amor con bastante facilidad. Y terminan deseándose la muerte al minuto siguiente.

HIGGINS. Por supuesto que sí. Entonces, ¿por qué demonios estamos discutiendo?

LIZA. [Muy preocupada]. Quiero un poco de amabilidad. Sé que soy una vulgar ignorante y usted un caballero culto; pero no soy tierra bajo sus pies. Lo que he hacido [corrigiéndose] lo que hice no fue por los vestidos y los taxis; lo hice porque era agradables estar juntos y yo habré llegado... he llegado... a preocuparme por usted; no queriendo que me haga el amor y, sin olvidar la diferencia entre nosotros; más bien amistosamente.

HIGGINS. Por supuesto. Así es como me siento. Y cómo se siente Pickering. Eliza, usted es una tonta.

LIZA. Esa no es una respuesta apropiada para darme. [Se hunde en la silla del escritorio, entre lágrimas].

HIGGINS. Es todo lo que conseguirá hasta que deje de ser una vulgar idiota. Si va a ser una dama, tendrá que renunciar a sentirse abandonada si los hombres que conoce no se pasan la mitad del tiempo lloriqueando por usted y la otra mitad poniéndole los ojos morados. Si no puede soportar la frialdad propia a mi tipo de vida, y la tensión que supone, vuelva a la cuneta. Trabaje hasta que sea más una bruta que un ser humano; y luego acurrúquese y riña y beba hasta que se duerma. Oh, es una buena vida, la vida de la cuneta. Es real, es cálida, es violenta, puede sentirla a través de la piel más gruesa, puede saborearla y olerla sin ningún entrenamiento ni ningún trabajo. No como la ciencia y la literatura y la música clásica y la filosofía y el arte. Me encuentra frío, insensible, egoísta, ¿verdad? Muy bien, váyase con el tipo de gente que le gusta. Cásese con algún cerdo sentimental u otro con mucho dinero, y un grueso par de labios con los que besarla y un grueso par de botas con las que patearla. Si no puede apreciar lo que tiene, será mejor que consiga lo que puede apreciar.

LIZA. [Desesperada]. Oh, usted es un tirano cruel. No puedo hablar con usted; lo vuelve todo contra mí; siempre estoy equivocada. Pero sabe muy bien, todo el tiempo, que usted no es más que un matón. Sabe que yo no puedo volver a la cuneta, como usted la llama, y que no tengo más amigos de verdad en el mundo que usted y el Coronel. Sabe bien que no podría soportar vivir con un hombre común y bajo después de vivir con ustedes dos; y es malvado y cruel por su parte insultarme pretendiendo que podría. Cree que debo volver a Wimpole Street porque no tengo otro sitio adonde ir que a casa de padre. Pero no esté tan seguro de que me tiene bajo sus pies para que me pisoteen y hablen mal de mí. Me casaré con Freddy, lo haré, en cuanto sea capaz de mantenerme.

HIGGINS. [Se sienta a su lado]. ¡Tonterías! Se casará con un embajador. Se casará con el Gobernador General de la India o con el Lord teniente de Irlanda, o con alguien que quiera una vice-reina. No voy a echar a perder mi obra maestra por Freddy.

LIZA. Cree que me gusta que diga eso. No he olvidado lo que dijo hace un minuto, y no me engatusarán como si fuera un bebé o un cachorro. Si no puedo tener amabilidad, tendré independencia.

HIGGINS. ¿Independencia? Eso es una blasfemia para la clase media. Todos dependemos unos de otros, cada alma de nosotros en la tierra.

LIZA. [Poniéndose de pie decidida]. Le dejaré ver si dependo de usted. Si usted puede predicar, yo puedo enseñar. Iré y seré maestra.

HIGGINS. ¿Qué enseñará, en nombre del cielo?

LIZA. Lo que me enseñó. Enseñaré fonética.

HIGGINS. ¡Ja! ¡Ja! ¡Ja!

LIZA. Me ofreceré como ayudante del Profesor Nepean.

HIGGINS. [Poniéndose de pie furioso]. ¡Qué! ¡Ese impostor! ¡Esa patraña! ¡Ese ignorante adulador! ¡Enseñarle mis métodos! ¡Mis descubrimientos! Dé un paso en su dirección y le retorceré el cuello. [Le pone las manos encima]. ¿Me oye?

LIZA. [Desafiante, sin resistirse]. Hágalo. ¿Qué me importa? Sabía que algún día me golpearía. [Él la suelta, pataleando de rabia por haberse olvidado de sí mismo, y retrocede tan bruscamente que vuelve a tropezar en su asiento sobre la otomana]. ¡Ajá! Ahora sé cómo tratarlo. ¡Qué tonta fui al no pensarlo antes! No puede quitarme los conocimientos que me dio. Dijo que yo tenía un oído más fino que usted. Y puedo ser civilizada y amable con la gente, que es más de lo que usted puede hacer. ¡Ajá! Eso le ha acabado, Henry Higgins, le ha acabado. Ahora no me importa eso [chasqueando los dedos], sus bravuconadas y su gran palabrería. Anunciaré en los periódicos que su duquesa es sólo una florista a la que enseñó, y que enseñará a cualquiera a ser tan duquesa como ella en seis meses por mil guineas. Oh, cuando pienso en mí arrastrándome bajo sus pies y siendo pisoteada e insultada, cuando todo el tiempo sólo tenía que levantar el dedo para ser tan buena como usted, no puedo más que darme patadas a mí misma.

HIGGINS. [Asombrándose de ella]. ¡Maldita zorra insolente! Pero es mejor que lloriquear; mejor que ir a buscar zapatillas y gafas, ¿no? [Poniéndose de pie] Cielos, Eliza, dije que haría de usted una mujer; y lo he hecho. Me gusta así.

LIZA. Sí, cambie de opinión y reconcíliese ahora que no le tengo miedo y puedo prescindir de usted.

HIGGINS. Claro que sí, tontita. Hace cinco minutos era como una piedra de molino alrededor de mi cuello. Ahora es una torre de fuerza, un acorazado real. Usted, yo y Pickering seremos tres viejos solterones juntos en vez de sólo dos hombres y una muchacha tonta.

Mrs. Higgins regresa, vestida para la boda. Eliza se vuelve al instante, fresca y elegante.

MRS. HIGGINS. El carruaje está esperando, Eliza. ¿Está lista?

LIZA. Casi. ¿Viene el Profesor?

MRS. HIGGINS. Desde luego que no. No sabe comportarse en la iglesia. Hace comentarios en voz alta todo el tiempo sobre la pronunciación del clérigo.

LIZA. Entonces no volveré a verle, Profesor. Adiós. [Se dirige a la puerta].

MRS. HIGGINS. [Se acerca a Higgins]. Adiós, querido.

HIGGINS. Adiós, madre. [Está a punto de besarla, cuando recuerda algo]. Oh, por cierto, Eliza, pida un jamón y un queso Stilton, ¿quiere? Y cómpreme un par de guantes de reno, número ocho, y una corbata que haga juego con ese traje nuevo mío, en Eale & Binman's. Puede elegir el color. [Su voz alegre, descuidada y vigorosa demuestra que es incorregible].

LIZA. [Con desdén]. Cómprelos usted mismo. [Sale con esfuerzo].

MRS. HIGGINS. Me temo que has malcriado a esa muchacha, Henry. Pero no importa, querido: te compraré la corbata y los guantes.

HIGGINS. [Solemnemente]. Oh, no te molestes. Ella los comprará. Adiós.

Se besan. Mrs. Higgins sale corriendo. Higgins, que se ha quedado solo, hace sonar su dinero en el bolsillo; se ríe entre dientes y se distiende muy satisfecho de sí mismo.

El resto de la historia no necesita mostrarse en acción y, de hecho, apenas necesitaría contarse si nuestras imaginaciones no estuvieran tan debilitadas por su perezosa dependencia de los ready-makes y las ideas comunes de la tienda de trapos en la que el Romance guarda su stock de «finales felices» para desajustar todas las historias. Ahora bien, la historia de Eliza Doolittle, aunque llamarla un romance por la transfiguración que registra parece excesivamente improbable, es bastante común. Tales transfiguraciones han sido logradas por cientos de mujeres jóvenes decididamente ambiciosas desde que Nell Gwynne les dio el ejemplo interpretando a reinas y fascinando a reyes en el teatro en el que empezó vendiendo naranjas. Sin embargo, la gente en todas direcciones ha asumido, sin otra razón que la de haberse convertido en la heroína de un romance, que ella debe haberse casado con el héroe del mismo. Esto es insoportable, no sólo porque su pequeño drama, si se actúa sobre una suposición tan irreflexiva, debe echarse a perder, sino porque la verdadera secuela es patente para cualquiera con sentido de la naturaleza humana en general, y del instinto femenino en particular.

Eliza, al decirle a Higgins que no se casaría con él si se lo pidiera, no estaba coqueteando: estaba anunciando una decisión bien meditada. Cuando un soltero interesa, y domina, y enseña, y se vuelve importante para una solterona, como Higgins con Eliza, ella siempre, si tiene carácter suficiente para ser capaz de ello, considera muy seriamente si jugará a convertirse en la esposa de ese soltero, especialmente si él está tan poco interesado en el matrimonio que una mujer decidida y devota podría capturarlo si se lo propusiera resueltamente. Su decisión dependerá mucho de si es realmente libre de elegir; y eso, de nuevo, dependerá de su edad y de sus ingresos. Si está al final de su juventud y no tiene seguridad para su sustento, se casará con él porque debe casarse con cualquiera que la mantenga. Pero a la edad de Eliza, una muchacha bien parecida no siente esa presión; se siente libre de elegir. Por tanto, se guía por su instinto en la materia. El instinto de Eliza le dice que no se case con Higgins. No le dice que renuncie a él. No tiene la menor duda de que él sigue siendo uno de los intereses personales más fuertes en su vida. Se sentiría muy apenada si hubiera otra mujer que pudiera suplantarla en cuanto a él. Pero como se siente segura de él en ese último punto, no tiene la menor duda en cuanto a su rumbo, y no tendría ninguna, aunque no existiera entre ellos la diferencia de veinte años de edad, que tan grande parece a la juventud.

Como su conclusión no apela a nuestros propios instintos, veamos si no podemos descubrir alguna razón en ella. Cuando Higgins excusó su indiferencia hacia las mujeres jóvenes aduciendo que tenían una rival irresistible en su madre, dio la clave de su inveterada soltería. El caso es poco común sólo en la medida en que las madres notables son poco comunes. Si un chico imaginativo tiene una madre lo suficientemente rica que posea inteligencia, gracia personal, dignidad de carácter sin asperezas y un sentido cultivado del mejor arte de su época que le permita embellecer su casa, ella establece para él un estándar contra el que muy pocas mujeres pueden luchar, además de efectuar para él una desvinculación de sus afectos, su sentido de la belleza y su idealismo de sus impulsos específicamente sexuales. Esto le convierte en un rompecabezas permanente para el enorme número de personas incultas que han sido educadas en hogares insípidos por padres vulgares o desagradables, y a quienes, en consecuencia, la literatura, la pintura, la escultura, la música y las relaciones personales afectuosas les llegan como modos de sexo, si es que les llegan. La palabra pasión no significa otra cosa para ellos; y que Higgins pudiera apasionarse por la fonética e idealizar a su madre en lugar de a Eliza, les parecería absurdo y antinatural. Sin embargo, cuando miramos a nuestro alrededor y vemos que casi nadie es demasiado feo o desagradable para encontrar una esposa o un marido si lo desea, mientras que muchas solteronas y solteros están por encima de la media en calidad y cultura, no podemos evitar sospechar que el desenredo del sexo de las asociaciones con las que tan comúnmente se confunde, un desenredo que las personas de genio logran por puro análisis intelectual, a veces es producido o ayudado por la fascinación paterna.

Ahora bien, aunque Eliza era incapaz de explicarse así los formidables poderes de resistencia de Higgins al encanto que postró a Freddy a la primera mirada, era instintivamente consciente de que nunca podría obtener un dominio completo sobre él, ni interponerse entre él y su madre (la primera necesidad de la mujer casada). Por decirlo brevemente, ella sabía que por alguna misteriosa razón él no tenía en sí las hechuras de un hombre casado, según la concepción que ella tenía de un marido como alguien para quien ella sería su más cercano, afectuoso y cálido interés. Incluso si no hubiera habido rival materno, aún así se habría negado a aceptar un interés por ella que fuera secundario a los intereses filosóficos. Si Mrs. Higgins hubiera muerto, aún habrían existido Milton y el Alfabeto Universal. La observación de Landor de que para aquellos que tienen el mayor poder de amar, el amor es un asunto secundario, no habría recomendado Landor a Eliza. Ponga el lector eso junto con su resentimiento hacia la dominante superioridad de Higgins, y su desconfianza hacia su persuasiva astucia para eludirla y evadir su ira cuando había ido demasiado lejos con su impetuoso acoso, y verá que el instinto de Eliza tenía buenos motivos para advertirle que no se casara con su Pigmalión.

Ahora bien, ¿con quién se casó Eliza? Porque si Higgins era un solterón predestinado, ella no era, desde luego, una solterona predestinada. Bueno, eso puede contarse muy brevemente a quienes no lo hayan adivinado por las indicaciones que ella misma ha dado.

Casi inmediatamente después de que Eliza se sienta picada a proclamar su decisión tomada de no casarse con Higgins, menciona el hecho de que el joven Mr. Frederick Eynsford Hill derrama diariamente su amor por ella a través del correo. Ahora bien, Freddy es joven, prácticamente veinte años más joven que Higgins; es un caballero (o, como lo calificaría Eliza, alguien fino), y habla como tal; va bien vestido, es tratado por el Coronel como un igual, la ama sin afectación y no es su amo, ni es probable que la domine nunca a pesar de su ventaja en la posición social. A Eliza no le sirve de nada la tonta tradición romántica de que a todas las mujeres les encanta ser dominadas, cuando no realmente intimidadas y golpeadas. «Cuando te dirijas a las mujeres», dice Nietzsche, «lleva tu látigo contigo». Los déspotas sensatos nunca han limitado esa precaución a las mujeres: han llevado consigo sus látigos cuando han tratado con hombres, y han sido servilmente idealizados por los hombres sobre los que han blandido el látigo mucho más que por las mujeres. Sin duda, hay mujeres serviles al igual que hombres serviles; y las mujeres, como los hombres, admiran a los que son más fuertes que ellas. Pero admirar a una persona fuerte y vivir bajo el pulgar de esa persona fuerte son dos cosas diferentes. Puede que los débiles no sean admirados ni venerados como héroes; pero de ningún modo se les disgusta ni se les rechaza; y nunca parecen tener la menor dificultad para casarse con personas demasiado buenas para ellos. Pueden fracasar en las emergencias; pero la vida no es una larga emergencia: es sobre todo una sucesión de situaciones para las que no se necesita una fuerza excepcional, y con las que incluso las personas más bien débiles pueden arreglárselas si tienen un compañero más fuerte que les ayude. En consecuencia, es una verdad evidente en todas partes que las personas fuertes, masculinas o femeninas, no sólo no se casan con personas más fuertes, sino que no muestran ninguna preferencia por ellas a la hora de elegir a sus amigos. Cuando un león se encuentra con otro con un rugido más fuerte «el primer león piensa que el otro es un aburrido». El hombre o la mujer que se siente lo suficientemente fuerte para dos, busca en un compañero cualquier otra cualidad que no sea la fuerza.

Lo contrario también es cierto. Las personas débiles quieren casarse con personas fuertes que no les asusten demasiado; y esto les lleva a menudo a cometer el error que describimos metafóricamente como «morder más de lo que se puede masticar». Quieren demasiado a cambio de demasiado poco; y cuando el trato es irrazonable más allá de lo soportable, la unión se hace imposible: acaba en que la parte más débil es descartada o soportada como una cruz, lo que es peor. Las personas que no sólo son débiles, sino también tontas u obtusas, se encuentran a menudo en estas dificultades.

Siendo éste el estado de los asuntos humanos, ¿qué es lo que Eliza está bastante segura de hacer cuando se encuentra entre Freddy y Higgins? ¿Le esperará toda una vida yendo a buscar las zapatillas de Higgins o toda una vida de Freddy yendo a buscar las suyas? No puede haber ninguna duda sobre la respuesta. A menos que Freddy le resulte biológicamente repulsivo, y Higgins biológicamente atractivo hasta un grado que abrume todos sus otros instintos, ella, si se casa con cualquiera de los dos, se casará con Freddy.

Y eso es exatamente lo que hizo Eliza.

Surgieron complicaciones; pero fueron económicas, no románticas. Freddy no tenía dinero ni ocupación. La mayordomía de su madre, una última reliquia de la opulencia de Largelady Park, le había permitido luchar en Earlscourt con aire de gentilidad, pero no procurar una educación secundaria seria a sus hijos, y mucho menos dar al muchacho una profesión. Un puesto de oficinista a treinta chelines por semana estaba por debajo de la dignidad de Freddy y además le resultaba extremadamente desagradable. Sus perspectivas consistían en la esperanza de que si mantenía las apariencias alguien haría algo por él. Ese algo aparecía vagamente en su imaginación como una secretaría privada o una sinecura de algún tipo. Para su madre tal vez apareciera como un matrimonio con alguna dama de recursos que no pudiera resistirse a la simpatía de su hijo. Imagínese el lector sus sentimientos cuando él se casó con una florista que había cambiado de clase en circunstancias extraordinarias que ahora eran notorias.

Es cierto que la situación de Eliza no parecía del todo inelegible. Su padre, antiguo basurero y ahora fantásticamente cambiado de clase, se había hecho extremadamente popular en la sociedad más elegante gracias a un talento social que triunfaba sobre cualquier prejuicio y cualquier desventaja. Rechazado por la clase media, a la que detestaba, se había disparado enseguida a los círculos más elevados por su ingenio, su talento de basurero (que llevaba como un estandarte) y su trascendencia nietzscheana del bien y del mal. En las cenas ducales íntimas se sentaba a la derecha de la duquesa; y en las casas de campo fumaba en la despensa y era muy solicitado por el mayordomo cuando no estaba dando de comer en el comedor y siendo consultado por los ministros del gabinete. Pero le resultaba casi tan difícil hacer todo esto con cuatro mil libras al año como a Mrs. Eynsford Hill vivir en Earlscourt con unos ingresos tan lastimosamente menores que no tengo el valor de revelar su cifra exacta. Se negó en redondo a añadir la gota que colmaba el vaso contribuyendo a la manutención de Eliza.

Así, Freddy y Eliza, ahora Mr. y Mrs. Eynsford Hill, habrían pasado una luna de miel sin dinero de no ser por un regalo de bodas de quinientas libras del Coronel a Eliza. Duró mucho tiempo porque Freddy no sabía gastar dinero, ya que nunca había tenido nada que gastar, y Eliza, educada socialmente por un par de viejos solterones, se ponía la ropa mientras éstas aguantaran y estaba bonita, sin importarle lo más mínimo que las ropas estuvieran muchos meses pasadas de moda. Aun así, quinientas libras no les durarán a dos jóvenes para siempre; y ambos sabían, y Eliza también lo sentía, que al final tendrían que desplazarse por sí mismos. Ella podía alojarse en Wimpole Street porque había llegado a ser su hogar; pero era muy consciente de que no debía alojar allí a Freddy, y que no sería bueno para su carácter si lo hacía.

No es que los solteros de Wimpole Street se opusieran. Cuando ella les consultó, Higgins declinó molestarse por su problema de vivienda cuando la solución era tan sencilla. El deseo de Eliza de tener a Freddy en casa con ella no parecía tener más importancia que si hubiera querido un mueble extra para el dormitorio. Las súplicas en cuanto al carácter de Freddy, y la obligación moral que tenía de ganarse la vida por sí mismo, se le escaparon a Higgins. Negó que Freddy tuviera carácter, y declaró que si intentaba hacer algún trabajo útil alguna persona competente se encargaría de deshacerlo: un procedimiento que implicaba una pérdida neta para la comunidad, y una gran infelicidad para el propio Freddy, que obviamente estaba destinado por la Naturaleza para un trabajo tan ligero como divertir a Eliza, lo cual, declaró Higgins, era una ocupación mucho más útil y honorable que trabajar en la ciudad. Cuando Eliza volvió a referirse a su proyecto de enseñar fonética, Higgins no disminuyó ni un ápice su violenta oposición al mismo. Dijo que ni siquiera en diez años ella estaría capacitada para inmiscuirse en su tema favorito; y como era evidente que el Coronel estaba de acuerdo con él, ella sintió que no podía ir contra ellos en este grave asunto, y que no tenía derecho, sin el consentimiento de Higgins, a explotar los conocimientos que él le había dado; pues sus conocimientos le parecían a ella una propiedad tan privada como su reloj; Eliza no era comunista. Además, era supersticiosamente devota de ambos, más entera y francamente después de su matrimonio que antes de él.

Fue el Coronel quien finalmente resolvió el problema, que le había costado muchas cavilaciones perplejas. Un día le preguntó a Eliza, con cierta timidez, si había renunciado del todo a su idea de tener una floristería. Ella contestó que había pensado en ello, pero que se lo había quitado de la cabeza, porque el Coronel había dicho, aquel día en casa de Mrs. Higgins, que nunca lo haría. El Coronel confesó que cuando dijo eso, no se había recuperado del todo de la deslumbrante impresión del día anterior. Esa noche le contaron el asunto a Higgins. El único comentario que le hizo estuvo a punto de provocar una grave disputa con Eliza. Fue en el sentido de que ella tendría en Freddy un recadero ideal.

El propio Freddy fue el siguiente en ser consultado. Dijo que él mismo había estado pensando en una tienda; aunque se le había presentado como un pequeño local en el que Eliza debería vender tabaco en un mostrador mientras él vendía periódicos en el de enfrente. Pero estaba de acuerdo en que sería extraordinariamente alegre ir todas las mañanas temprano con Eliza a Covent Garden y comprar flores en el lugar de su primer encuentro; un sentimiento que le valió muchos besos de su esposa. Añadió que siempre había tenido miedo de proponer algo por el estilo, porque Clara armaría un escándalo por haber dado un paso que debía perjudicar sus posibilidades matrimoniales, y no cabía esperar que a su madre le gustara, después de aferrarse durante tantos años a ese peldaño de la escala social en el que el comercio al por menor es imposible.

Esta dificultad fue eliminada por un acontecimiento altamente inesperado por la madre de Freddy. Clara, en el curso de sus incursiones en los círculos artísticos más elevados a su alcance, descubrió que se esperaba que sus cualificaciones conversacionales incluyeran una base en las novelas de Mr. H. G. Wells. Las tomó prestadas en varios modos con tanta energía que se las tragó todas en dos meses. El resultado fue una conversión de un tipo bastante común hoy en día. Unos Hechos de los Apóstoles modernos llenarían cincuenta Biblias enteras si alguien fuera capaz de escribirlos.

La pobre Clara, que a Higgins y a su madre les parecía una persona desagradable y ridícula, y a su propia madre, de algún modo inexplicable, un fracaso social, nunca se había visto a sí misma bajo ninguno de esos dos aspectos; porque, aunque hasta cierto punto ridiculizada e imitada en West Kensington como todo el mundo allí, era aceptada como un tipo de ser humano racional y normal o, diríamos, inevitable. En el peor de los casos la llamaban La Empujadora; pero a ellos no más que a ella misma se les había ocurrido alguna vez que estaba empujando el aire, y empujándolo en una dirección equivocada. Aun así, no estaba contenta. Estaba cada vez más desesperada. Su único atributo, el hecho de que su madre fuera lo que el verdulero de Epsom llamaba una dama de carruaje no tenía valor de cambio, aparentemente. Le había impedido educarse, porque la única educación que podía permitirse era la de la hija del verdulero de Earlscourt. La había llevado a buscar la sociedad de la clase de su madre; y esa clase sencillamente no la quería, porque ella era mucho más pobre que el verdulero y, lejos de poder permitirse una criada para sí misma, no podía permitirse ni siquiera una ama de llaves, y tenía que arreglárselas a duras penas en casa con una criada general mal tratada. En tales circunstancias, nada podía darle un aire de ser un producto genuino de Largelady Park. Y sin embargo, su tradición le hacía considerar un matrimonio con cualquiera que estuviera a su alcance como una humillación insoportable. Los comerciantes y los pequeños profesionales le resultaban odiosos. Corría detrás de pintores y novelistas; pero no los encandilaba; y sus atrevidos intentos de retomar y practicar la conversación artística y literaria los irritaban. Era, en resumen, un fracaso absoluto, una pequeña esnob ignorante, incompetente, pretenciosa, inoportuna, sin dinero e inútil; y aunque no admitía estas descalificaciones (porque nadie se enfrenta nunca a verdades desagradables de este tipo hasta que no amanece en ellos la posibilidad de una salida) sentía sus efectos demasiado intensamente como para sentirse satisfecha con su posición.

Clara tuvo un sobresalto cuando, al ser despertada súbitamente al entusiasmo por una muchacha de su edad que la deslumbró y produjo en ella un efusivo deseo de tomarla por modelo y ganarse su amistad, descubrió que aquella exquisita aparición se había graduado de la alcantarilla en pocos meses. La sacudió tan violentamente, que cuando Mr. H. G. Wells la levantó en la punta de su poderosa pluma y la situó en el ángulo de visión desde el que la vida que llevaba y la sociedad a la que se aferraba aparecían en su verdadera relación con las necesidades humanas reales y la estructura social digna, efectuó una conversión y una convicción de pecado comparables a las hazañas más sensacionales del General Booth o de Gypsy Smith. El esnobismo de Clara saltó por los aires. De repente, la vida empezó a moverse con ella. Sin saber cómo ni por qué, empezó a hacer amigos y enemigos. Algunos de los conocidos para los que había sido una aflicción tediosa o indiferente o ridícula, la abandonaron; otros se volvieron cordiales. Para su asombro, descubrió que algunas personas «bastante agradables» estaban saturadas de Wells, y que esta accesibilidad a las ideas era el secreto de su amabilidad. Personas a las que había considerado profundamente religiosas, y a las que había intentado conciliar por esa vía con resultados desastrosos, de repente se interesaron por ella y revelaron una hostilidad hacia la religión convencional que nunca había concebido posible salvo entre los personajes más desesperados. Le hicieron leer a Galsworthy; y Galsworthy puso al descubierto la vanidad de Largelady Park y acabó con ella. La exasperó pensar que la mazmorra en la que había languidecido durante tantos infelices años había estado sin cerrar todo el tiempo, y que los impulsos con los que tan cuidadosamente había luchado y sofocado en aras de mantenerse en sociedad, eran precisamente aquellos por los que sólo ella podría haber entrado en algún tipo de contacto humano sincero. En el resplandor de estos descubrimientos y el tumulto de su reacción, hizo el ridículo tan libre y conspicuamente como cuando adoptó tan precipitadamente el improperio de Eliza en el salón de Mrs. Higgins; porque la recién nacida Wellsiana tenía que orientarse casi tan ridículamente como un bebé; pero nadie odia a un bebé por sus ineptitudes, ni piensa peor de él por intentar comerse las cerillas; y Clara no perdió amigos por sus locuras. Esta vez se rieron de ella en su cara; y tuvo que defenderse y luchar lo mejor que pudo.

Cuando Freddy hizo una visita a Earlscourt (cosa que nunca hacía cuando podía evitarlo) para hacer el desolador anuncio de que él y su Eliza estaban pensando en ennegrecer el escudo de Largelady abriendo una tienda, encontró el pequeño hogar ya convulsionado por un anuncio previo de Clara de que ella también iba a trabajar en una vieja tienda de muebles de Dover Street, que había puesto en marcha una compañera Wellsiana. Este nombramiento Clara lo debía, después de todo, a su antiguo logro social de Empujar. Se había hecho a la idea de que, costara lo que costara, vería a Mr. Wells en persona; y había logrado su propósito en una fiesta de jardín. Tuvo más suerte de la que merecía una empresa tan precipitada. Mr. Wells estuvo a la altura de sus expectativas. La edad no le había marchitado, ni la costumbre podía ranciar su infinita variedad en media hora. Su agradable pulcritud y entereza, sus manos y pies pequeños, su cerebro rebosante de presteza, su accesibilidad sin afectación y cierta fina aprensión que lo sellaba como susceptible desde el último pelo hasta la punta del pie, resultaron irresistibles. Clara no habló de otra cosa durante semanas y semanas. Y como por casualidad habló con la señora de la tienda de muebles, y esa señora también deseaba por encima de todas las cosas conocer a Mr. Wells y venderle cosas bonitas, le ofreció a Clara un trabajo con la posibilidad de conseguir ese fin a través de ella.

Y así fue como la suerte de Eliza se mantuvo y la esperada oposición a la floristería se desvaneció. La tienda está en los arcos de una estación de ferrocarril no muy lejos del Museo Victoria & Albert; y si usted vive en ese barrio puede ir cualquier día y comprarle una flor para el ojal a Eliza.

He aquí una última oportunidad para el romance. ¿No le gustaría al lector que le aseguraran que la tienda fue un inmenso éxito, gracias a los encantos de Eliza y a su temprana experiencia comercial en Covent Garden? ¡Ay! La verdad es la verdad: la tienda no dio beneficios durante mucho tiempo, sencillamente porque Eliza y su Freddy no supieron mantenerla. Es cierto que Eliza no tuvo que empezar por el principio: conocía los nombres y los precios de las flores más baratas; y su euforia no tuvo límites cuando descubrió que Freddy, como todos los jóvenes educados en escuelas baratas, pretenciosas y completamente ineficaces, sabía un poco de latín. Era muy poco, pero suficiente para que a ella le pareciera un Porson o un Bentley, y para que se sintiera a gusto con la nomenclatura botánica. Desgraciadamente no sabía nada más; y Eliza, aunque sabía contar dinero hasta dieciocho chelines más o menos, y había adquirido cierta familiaridad con la lengua de Milton gracias a sus luchas por capacitarse para ganar la apuesta de Higgins, no podía escribir una factura sin deshonrar por completo el establecimiento. El poder de Freddy para afirmar en latín que Balbus construyó una muralla y que la Galia estaba dividida en tres partes no llevaba consigo el más mínimo conocimiento de cuentas o de negocios; el Coronel Pickering tuvo que explicarle lo que significaba un talonario de cheques y una cuenta bancaria. Y la pareja no era en absoluto fácilmente enseñable. Freddy apoyó a Eliza en su obstinada negativa a creer que podrían ahorrar dinero contratando a un contador con algún conocimiento del negocio. ¿Cómo, argumentaban, se podía ahorrar dinero haciendo un gasto extra cuando ya no podían llegar a fin de mes? Pero el Coronel, después de hacer que los gastos llegaran a fin de mes una y otra vez, por fin insistió suavemente; y Eliza, humillada hasta el polvo por tener que mendigarle tan a menudo, y aguijoneada por la burla escandalosa de Higgins, para quien la idea de que Freddy tuviera éxito en algo era una broma que nunca perdía su gracia, comprendió el hecho de que los negocios, como la fonética, hay que aprenderlos.

Sobre el lamentable espectáculo de la pareja pasando las tardes en escuelas de taquigrafía y clases en los diferentes oficios, aprendiendo teneduría de libros y mecanografía con incipientes oficinistas subalternos, hombres y mujeres, de las escuelas elementales, no me detengo. Hubo incluso clases en la London School of Economics, y un humilde llamamiento personal al director de esa institución para que recomendara un curso relacionado con el negocio de las flores.

Él, que era humorista, les explicó el método del célebre ensayo dickensiano sobre Metafísica China del caballero que leyó un artículo sobre China y otro sobre Metafísica y combinó la información. Les sugirió que combinaran la London School of Economics con los Jardines de Kew. Eliza, a quien el proceder del caballero dickensiano le pareció perfectamente correcto (como de hecho lo era) y en absoluto gracioso (lo que no era más que su ignorancia), siguió su consejo con toda gravedad. Pero el esfuerzo que le costó la más profunda humillación fue pedirle a Higgins, cuya afición artística predilecta, junto a los versos de Milton, era la caligrafía, y dado que él mismo escribía con una bellísima letra italiana, que le enseñara a escribir. Él declaró que ella era congénitamente incapaz de formar una sola letra digna de la menor de las palabras de Milton; pero ella persistió; y de nuevo él se lanzó a la tarea de enseñarle —con una combinación de intensidad tormentosa, paciencia concentrada y ocasionales estallidos de interesante disquisición sobre la belleza y la nobleza, la augusta misión y el destino— la escritura humana. Eliza acabó adquiriendo una letra muy poco comercial que era una extensión positiva de su belleza personal y gastando tres veces más en papelería que cualquier otra persona porque ciertas cualidades y formas del papel se volvieron indispensables para ella. Ni siquiera podía poner la dirección de un sobre de la forma habitual porque hacía mal los márgenes.

Sus días de escuela comercial fueron un periodo de desgracia y desesperación para la joven pareja. Parecía que no aprendían nada sobre floristerías. Al final lo abandonaron y se sacudieron para siempre el polvo de las escuelas de taquigrafía, los diferentes oficios y la London School of Economics de los pies. Además, el negocio, de alguna manera misteriosa, empezaba a arreglarse solo. De alguna manera habían olvidado sus objeciones a emplear a otras personas. Llegaron a la conclusión de que su propio camino era el mejor, y que realmente tenían un talento notable para los negocios. El Coronel, que durante algunos años se había visto obligado a mantener una suma suficiente en la cuenta corriente en el banco para compensar sus déficits, descubrió que la provisión era innecesaria: los jóvenes estaban prosperando. Es cierto que no había juego limpio entre ellos y sus competidores en el comercio. Sus fines de semana en el campo no les costaban nada y se ahorraban el precio de sus cenas dominicales; porque el automóvil era del Coronel, y él y Higgins pagaban las facturas del hotel. Mr. F. Hill, florista y verdulero (pronto descubrieron que se podía hacer dinero con los espárragos; y los espárragos llevaron a otras verduras), tenía un aire que imprimía clase al negocio; y en la vida privada seguía siendo Frederick Eynsford Hill, Esquire. No es que hubiera nada de ostentoso en él; nadie excepto Eliza sabía que había sido bautizado como Frederick Challoner. La propia Eliza presumía como si nada.

Eso es todo. Así es como ha terminado la historia. Es asombroso hasta qué punto Eliza sigue entrometiéndose en las tareas domésticas de Wimpole Street a pesar de la tienda y de su propia familia. Y es notable que, aunque nunca regaña a su marido y quiere francamente al Coronel como si fuera su hija favorita, nunca ha abandonado el hábito de regañar a Higgins tal como lo hizo en la noche fatal en que ganó la apuesta. Le arranca la cabeza a la menor provocación, o a ninguna. Él ya no se atreve a burlarse de ella suponiendo una inferioridad abismal de la mente de Freddy con respecto a la suya. Se burla de ella, la intimida y la ridiculiza; pero ella le planta cara tan despiadadamente que el Coronel tiene que pedirle de vez en cuando que sea más amable con Higgins; y es la única petición suya que hace que aparezca en su rostro una expresión melancólica. Nada, excepto alguna emergencia o calamidad lo suficientemente grande como para derribar todos los gustos y aversiones, y arrojarlos a ambos de nuevo sobre su común humanidad —¡y ojalá se ahorren cualquier prueba de ese tipo!— alterará jamás esto. Sabe que Higgins no la necesita, igual que su padre no la necesitaba. La misma escrupulosidad con la que él le dijo aquel día que se había acostumbrado a tenerla allí, y que dependía de ella para toda clase de pequeños servicios, y que la echaría de menos si se marchaba (a Freddy o al Coronel nunca se les habría ocurrido decir nada por el estilo) ahonda su certeza interior de que ella «no es para él más que *'tas* zapatillas», aunque también tiene la sensación de que su indiferencia es más profunda que el encaprichamiento de las almas plebeyas. Está inmensamente interesada en él. Tiene incluso momentos de secreta picardía en los que desearía poder encontrarlo a solas, en una isla desierta, lejos de toda atadura y sin nadie más en el mundo a quien considerar, y simplemente bajarle de su pedestal y verle hacer el amor como cualquier hombre corriente. Todos tenemos imaginaciones privadas de ese tipo. Pero cuando se trata de negocios, de la vida que lleva realmente a diferencia de la vida de sueños y fantasías, le gusta Freddy y le gusta el Coronel; y no le gustan Higgins ni Mr. Doolittle. A Galatea nunca le acaba de gustar Pigmalión: su relación con ella es demasiado divina para ser del todo agradable.

CLÁSICOS EN ESPAÑOL

Esperamos que haya disfrutado esta lectura. ¿Quiere leer otra obra de nuestra colección de *Clásicos en español*?

En nuestro Club del Libro encontrarás artículos relacionados con los libros que publicamos y la literatura en general. ¡Suscríbete en nuestra página web y te ofrecemos un ebook gratis por mes!

Recibe tu copia totalmente gratuita de nuestro *Club del libro* en rosettaedu.com/pages/club-del-libro

CLÁSICOS EN ESPAÑOL

Una habitación propia se estableció desde su publicación como uno de los libros fundamentales del feminismo. Basado en dos conferencias pronunciadas por Virginia Woolf en colleges para mujeres y ampliado luego por la autora, el texto es un testamento visionario, donde tópicos característicos del feminismo por casi un siglo son expuestos con claridad tal vez por primera vez.

Oscar Wilde escribe una sola novela, *El retrato de Dorian Gray*; ésta fue el objeto de una crítica moralizante mordaz por parte de sus contemporáneos que no pudieron ver que dentro de una trama perfectamente compuesta se escondía toda la tragedia del romanticismo. Cien años después no ha perdido su impacto original y sigue siendo un texto fundamental para los debates sobre la estética y la moral.

Otra vuelta de tuerca es una de las novelas de terror más difundidas en la literatura universal y cuenta una historia absorbente, siguiendo a una institutriz a cargo de dos niños en una gran mansión en la campiña inglesa que parece estar embrujada. Los detalles de la descripción y la narración en primera persona van conformando un mundo que puede inspirar genuino terror.

EDICIONES BILINGÜES

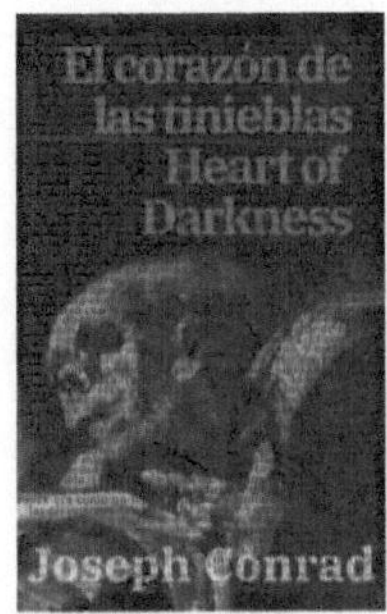

En una atmósfera constante de misterio y amenaza, *El corazón de las tinieblas* narra el peligroso viaje de Marlow por un río (sin duda el Congo aunque no es nombrado en el relato) africano. Lo que el marino puede observar en su viaje le horroriza, le deja perplejo, y pone en tela de juicio las bases mismas de la civilización y la naturaleza humana.

Durante décadas, y acercándose a su centenario, *El gran Gatsby* ha sido considerada una obra maestra de la literatura y candidata al título de «Gran novela americana» por su dominio al mostrar la pura identidad americana junto a un estilo distinto y maduro. La edición bilingüe permite apreciar los detalles del texto original y constituye un paso obligado para aprender el inglés en profundidad.

En *La señora Dalloway* Virginia Woolf relata un día en la vida de Clarissa Dalloway, una señora de la clase alta casada con un miembro del parlamento inglés, y de un ex-combatiente que lucha contra su enfermedad mental. La innovación de la novela es la corriente de consciencia: Woolf sigue el pensamiento de cada personaje, siendo excelente a la hora de narrar emociones, asociaciones y sentimientos.

rosettaedu.com